赤川ミカミ
Mikami Akagawa
illust:ひなづか
帝立魔法学院の異端児は精霊彼女とのらくらくお気楽生活で最強になりました！
KiNG novels

魔法具の研究者
フラヴィ
好奇心旺盛な精霊
レリア

侯爵家のお嬢様
ベルナデット

「んぁっ、ラウル、んぅっ♥」
ぬぷりと肉棒を咥え込んだレリアが、
甘い声を漏らす。
俺は緩やかに腰を動かしながら、
両側で待っているフラヴィとベルナデットの
割れ目へと手を伸ばした。
「んぁっ♥」
「あふっ！　急にそんな、あんっ♥」

# 帝立魔法学院の異端児は精霊彼女とのお気楽生活でらくらく最強になりました！

赤川ミカミ
illust：ひなづか凉

KiNG novels

帝立魔法学院の異端児は精霊彼女とのお気楽生活でらくらく最強になりました！

contents

# プロローグ　異端児のハーレム生活

「あんっ、もう、ラウル、んっ……」

「あーむっ、じゅるっ、れろっ……どう、気持ちいいかしら？」

「ラウルくん、ぎゅー♥」

三人の美女が俺を取り囲んでいた。

彼女たちはみんな裸で、その魅惑的な肢体をあらわにしながら、俺に身体を押しつけたり、奉仕を行っていたりする。

「ね、ラウル、もっと、んっ……」

俺の手は、正面にいるレリアのおっぱいを揉んでいた。

たぷんっと揺れる巨乳が手の中で形を変えている。

レリアはきれいな金髪の、元気で素直な女の子だ。

好奇心旺盛で、いつも見るものすべてに感動している彼女。その様子は一見すると、田舎から出てきた清純な美少女という感じだった。

けれどその正体は、光の精霊というとても珍しい存在だ。

本来なら普通の人に姿を見ることはできず、存在を感じ取ることさえもできない相手だ。

そんな彼女だが俺と契約したことで、こうして人間のように暮らせるようになっていた。

「あんっ♥　そこ、んぁ、乳首、くりくりしないでぇっ……♥」

人間の生活になんにでも興味を示す彼女は、性的なことにもやっぱり興味津々で……いろいろと学んだ結果、今ではすっかりえっちな女の子なのだった。

精霊に性別があるのかと疑問に思ったこともあるが、どうやら契約者によって影響を受けるらしく、その意味でも、俺をこの世界唯一のパートナーだと思ってくれているらしい。

いまだにレリアの気持ちが恋愛感情なのかは微妙だが、しっかりと心は繋がっている。

「あうっ、ラウルの指、ん、あぁっ……！」

「ね、ラウル、れろっ……こっちはどう？　ちゅぅっ♥」

「うわっ」

そんな彼女の極上のおっぱいを楽しんでいると、今度は下のほうから声がかかる。

俺の股間にかがみ込むようにして、肉棒をしゃぶっているベルナデットだ。

「あふっ、おちんぽこんなに大きいと、やっぱり咥えにくいですわ……♥　れろっ、ちゅぶっ、ちゅぅっ……！」

「ぐぅ、ああ……いいぞ、ベルナデット」

俺のものをしゃぶったスケベなフェラ顔で見上げ、そのまま愛撫を続けてくる。

こんなにもエロい姿を今は見せてくれている彼女だが、普段はもっとクールで、派手なタイプの美人だということもあって近寄りがたい雰囲気さえある。

しかも侯爵の娘なので、この学院でもトップの地位を持つ上に成績も優秀で、魔法使いとしても一流なのだった。

そんな理由で、誰もが注目する存在であると同時に、誰にとっても高嶺の花という状態のベルナデット。お嬢様らしいハーフアップの美しい赤髪が、つややかに流れている。

華やかで整った顔立ちと、男女問わずに目を引いてしまうような爆乳という、まさに天から二物も三物も与えられたような美少女だった。

「あむっ、じゅるっ……れろっ、んむっ……」

そんな彼女が、俺のものを熱心にしゃぶっている。

ベルナデットは、「精霊の目」という特殊な能力を持つ俺に興味を覚えて近づいてきた。

それから、とあるきっかけもあって親しくなっていき、今ではこうして、裸で交わるような関係にまでなっている。

「ラウルくん、れろっ」

「うぁっ……」

俺の後ろから抱きつき、その柔らかなおっぱいをぎゅーっと押しつけながら、首筋にいたずらをしてくるのはフラヴィ。年上のお姉さんである彼女は、俺が通う学院の先生でもある。

教師だといっても、どちらかというと本職は研究者だ。

若くして認められた彼女は学院に引き抜かれ、恵まれた研究環境を使うかわりに、少しだけ授業もする……という感じだった。

きれいな黒髪の、のんびりとしたお姉さんといった印象の彼女は、生徒たちにも人気だった。教員でも一番の美人のお姉さんによる授業……という理由はもちろん、分かりやすいし、単位が取りやすいということでも人気だ。

そんなふうにゆるい空気を纏《まと》うフラヴィだったが、研究のときは真面目な様子で、ややマッド系だとも言われている。そのせいか、えっちのときも少しヘンタイ的なところがあるお姉さんだった。

「かぷっ……」

そんな彼女は、俺の首筋を甘噛みしてくる。そしてそのまま、鼻を鳴らした。

「ラウルくんの匂い、すっごくえっちで好き♪」

そう言って匂いを嗅ぎながら、おっぱいを押しつけ、さらに手を回してきた。

「ん、ふぅっ♥ 背中に当たってる私の胸……さきっぽが立ってきちゃってるのわかる?」

「ああ……むにゅっと柔らかい中に、とがってるのが……ね!」

「あんっ♥」

答えながら背中を動かして乳首を刺激すると、フラヴィがかわいい声をもらした。

「もうっ、えいっ……」

そんな彼女も、お返しとばかりに俺の乳首をいじってくる。

「ラウルくんも、ちっちゃな乳首をかたくしてるじゃない」

そう言って、くりくりといじってくる。

気持ちいいというより、くすぐったいような感じだが、それに合わせてフラヴィのおっぱいが押しつけられるのは気持ちがいい。

そんなふうに三人の美女に囲まれ、気持ちよくなっていく。

夢のようなハーレムプレイだった。

そうして裸の美女たちから奉仕を受けていると、やがて我慢できなくなったのか、それぞれが俺におねだりを始める。

「ね、ラウル、そろそろ……」

「ん、わたくしも、してほしいですわ」

「あふっ♥　ん、ねぇ……」

そして三人は一度俺から離れると、ベッドの上で四つん這いになっていった。

彼女たちは並んで、お尻をこちらに突き出している。ぷりんっとした尻肉も魅力的だが、その下で3つのおまんこが、ものほしそうにしているのも丸見えだった。

「ほら、ラウル……」

「つん、わたくしたちの中に……」

「そのおちんちんで、いっぱい突いてね♥」

三人の美女が秘部を突き出し、おねだりをしてくる。男として、これ以上ないほどの光景だ。

愛液を垂らすその女陰が、俺のモノを欲してひくついている。

そんなふうに求められれば、当然、俺の肉竿は硬くそそり勃つ。

「それじゃ……」

俺は四つん這いになるだけじゃなく、お尻を振って積極的にアピールしていたレリアに、まず挿入することにした。

「あふっ……♥　硬ぃおちんちん、当たってる、ん、あぁ……」

細い腰をつかむと、そのまま肉棒を挿入していった。

もう十分に濡れていた秘穴が、ちゅぶっ……ちゅぶっ……とペニスを咥えこんでいく。

「あうっ、ん、あぁあ……入って、来てるっ……♥」

俺はそのまま、腰を動かし始める。

「んぁっ、ラウル、んぅっ♥」

その膣内にぬぷりと肉棒を咥え込んだレリアが、甘い声を漏らす。

その横で、フラヴィとベルナデットはまだ、自分たちの秘裂を差し出したままだ。俺は緩やかに腰を動かしながら、両側で待っているフラヴィとベルナデットの割れ目へと手を伸ばした。

「んぁっ♥」

「あふっ！　急にそんな、あんっ♥」

焦らされていたところに不意打ち気味の刺激を受けて、ふたりが嬌声をあげた。

俺はそんなふたりの蜜壺を、指で丁寧にかき回していく。

熱くうるみを帯びた媚肉が、指に吸いついてくるように蠢いた。

「あんっ、ふぅ、あぁ……♥」

「あうっ、そこ、ん、あぁっ……」

彼女たちの嬌声が響いていき、耳への刺激は俺を興奮させていった。

両手で彼女たちのおまんこをくちゅくちゅといじりながら、腰を動かしていく。

「んはぁっ♥　あっ、んぅっ……！」

レリアのおまんこがしっかりと肉棒を咥えこんで、その襞《ひだ》でこすりあげてくる。

蠢動する膣襞が、快楽を求めて絡みついていた。

その間も、俺の指はふたりのおまんこを愛撫していく。

「ラウルくん、そこ、んぁっ……」

フラヴィの弱いところを見つけて、俺は指を曲げるとそこを刺激していった。

「んはぁあっ♥　あ、そこ、だめぇっ……」

指だと、肉棒よりもピンポイントで責めていくことができる。

フラヴィのおまんこは、反応してきゅっと締まった。

「あうっ、ん、あああっ……♥」

「ベルナデットのほうも……」

「んくぅっ♥　あ、ラウルっ、あふっ」

今度はベルナデットの膣内を意識しながら、指を動かしていった。

「あぁっ、ん、あっ、くぅっ……」

絡みついてくる襞をかき分け、刺激していく。

「ラウル、わたしも、ん、あぁっ！」

「うおっ……」

そうしてふたりへの愛撫に意識が向いていると、レリアは自ら腰を振って、肉棒をこすり上げてくる。不意打ち気味の刺激に思わず声を漏らすと、彼女はさらに腰を振ってくる。

三人の美女に求められるのは、とても幸福だ。

「さて、それじゃ……」

俺は一度手をふたりのおまんこから離すと、今度はレリアを一気に責め立てる。先ほどまでのような腰だけのピストンではなく、彼女の身体を支えながら、バックで激しく犯していった。

「んはぁあっ！　あっ、ラウル、んぅっ！」

急に激しくなった抽送に、レリアが嬌声をあげていく。

膣襞をかき分け、肉棒が出入りしていく。

「あっあっ、だめ、んぅっ、ああっ！」

俺はそのまま、レリアの蜜壺を貫いていった。激しいピストンに、愛液が溢れてくる。

「んはぁっ、あっ、ああっ！　おまんこ、おちんちんで激しく突かれて、んぁ、いっぱいこすられてっ、あっ、イっちゃう！」

「くっ、あぁ……」

彼女の膣襞が蠕動し、肉棒をこすり上げていく。

精霊である彼女は、俺と契約するまではこの世界での肉体すら持っておらず、もちろん未経験だった。そんなレリアが人間とのセックスでここまで乱れるようになるなんて、神秘的ですらある。

レリアの汚れない肉体で欲を満たす興奮に押されるように、ピストンを繰り返していった。

「あぁっ♥　んぁ、ああ、イクッ、もうっ、あぁっ……ん、あふっ……」

「レリアちゃん、すっごいかわいい顔してる♪」

そんな様子を見て、フラヴィが楽しそうに言った。

「それに、んっ……おちんぽがこんなに激しく出入りして……」

ベルナデットもいつの間にか、俺たちの接合部に見入っているようだった。

「あぁ、そんな、あう、見られながら、んぁっ！」

ふたりの視線はレリアをさらに興奮させたようだ。入口がきゅっと締まり、肉棒を刺激してくる。

「あぁっ、もう、ん、あうっ……だめっ……！　イクッ！　あっあっ♥　わたし、んっ、ああっ、んはぁあっ！」

「レリアちゃんの顔、気持ちよすぎてとろけちゃってる……」

「やぁっ、見ちゃだめぇっ♥　あっ、んはぁっ！」

羞恥に身悶《みもだ》えつつ、さらに感じていくレリアはそろそろ限界みたいだ。

俺のほうも、その可憐な姿とむさぼるようなおまんこに、射精が近づいていく。

「あふっ……ラウルのおちんぽがレリアのおまんこをズンズン突いて……♥　えっちなお汁を溢れさせながら出入りしてるの、すごいですわ……♥」

ベルナデットは接合部をうっとりと見ていた。

バックの場合、自分がされているときは見えないしな。

もともと興味があったのか、じっくりと眺めることができるチャンスを活かしているようだ。

「あっ♥　だめっ、そこはもっと、んぁ、ああっ！」

セックスの様子をまじまじと観察されて、レリアの羞恥心がさらにくすぐられる。

そんな彼女を、俺はさらに激しく犯していった。

「んはぁぁっ！　あっ、だめっ……あぅっ、ラウルっ……わたし、もう、あっ、んはぁっ♥　あうっ、んっ……！」

レリアの嬌声が高くなったところで、俺は奥までしっかりと突いていった。

「あっあっ♥　もう、あぅっ……んはぁっ！　イクッ、イっちゃうっ！　んぁ、あっ、あぁっ、イックウウウウッ！」

「う、あぁっ！」

びゅくっ、びゅるるるるるっ！

彼女が絶頂したのに合わせて、俺も射精した。

「あぁっ！　ん、あふぅっ♥　せーえき、勢いよくわたしの中に、あんっ……！」

中出しを受けて、レリアがさらに色っぽい声をもらした。

吐き出される精液に反応したのか、膣内もぎゅっと締まって肉棒を絞り上げてくる。

根元から先端まで蠢《うごめ》いてうねる膣襞に促され、俺はあますところなく精液を吐き出していく。

それでもまだねだるようなおまんこから、俺は肉棒を引き抜いた。

「あぅっ……ん、あぁ……」

レリアはそのまま姿勢を崩し、ベッドへと倒れ込んでいく。

俺はそこでやっと、残ったふたりへと向き直る。

すると彼女たちは、すぐにこちらへとしなだれかかるようにしてきて、俺の興奮を誘った。

「ラウルのここ、まだまだ元気ですわね……♥」

ベルナデットは、体液にまみれてテラテラと光る肉棒を、軽くしごいてくる。

出したばかりだというのに、そんなふうに誘われてしまうと、屹立は収まらなくなる。

「今度は私も、ね？　まだまだいっぱい、ここに溜まってるでしょ？」

フラヴィも俺に抱きつきながら、優しく陰嚢を撫でてくる。

美女に子種をおねだりされて、睾丸がすぐにでも精子を作り出していくような気がした。

そんなふうに迫ってくる彼女たちに、俺はうなずいた。

「ほら、ラウル……」

ベルナデットはベッドへ倒れ込むと、そのまま足を広げて濡れた秘唇をアピールしてきた。

お嬢様とは思えないスケベな格好に、肉棒が思わずぴくりと反応してしまう。

まだまだ、夜は長い。

俺はそのまま、二回戦へと突入していくのだった。

# 第一章　帝立魔法学院の異端児

「おはようございますご主人さま、とってもすがすがしい朝ですね！」

そんな言葉とともに、俺の上にむぎゅっと重みが加わる。

「ねえねえ、起きてよラウルー」

朝とは思えないようなテンション高めの、とても透き通った声。

ご主人さま……というのも半分は冗談のようだが、こんなふうに俺を起こす相手は、ひとりしかいない。とはいえ、まだ眠く、起きようという気はまったく湧いてこない。

休日の朝くらいは、ゆっくりしておきたいものだ。

そう思った俺は二度寝を決め込もうとし――。

「もう、ラウル、朝だってば。はーやーくー！　朝起きないと夜に寝られなくて、また寝坊しちゃうんだから」

そう言って俺の上で少女が跳ね始める。

かなり軽い体重とはいえ、お腹の上で跳ねられれば無視することもできない。

俺はしぶしぶ目を開くのだった。

「あ、おはよ、ラウル」

「おう、おはよう」

元気に微笑んできたのは、金髪の美少女。

黙っていればとても整った顔立ちの彼女だが、にへらっと、ちょっとアホっぽく微笑んでいる。

それでもとてもかわいいというのは反則的だが、とりあえずお腹の上からどいてくれ。

「レリア、起きるからどいてくれ」

「はーい」

彼女は明るく応えると、素直に俺の上からどいて、ベッド脇に降りる。

にこにことしている彼女は、ぱっと見、ただの明るくてちょっとアホな美少女なのだが、これでも一応は「精霊」なのだ。

剣が時代遅れとなり、魔法が主導権の握るこの世界。

その中でも随一の魔法学校である、このアベラール帝立魔法学院においても、他に類を見ないほど希少ですごい存在、ということになっている。

俺の隣でにこにことしている姿からは、とても想像ができないが。

というか、俺ですら時折、彼女が人間でないことを忘れそうになるくらいだけど。

そんなレアな存在である彼女は、俺と契約しているため、こうして同じ部屋で暮らしている。

精霊と契約している俺もまたレアということで、一般寮生とは違う、特に優秀な学生に与えられる部屋をあてがわれている。だからふたりでも狭くはないのだが、なにくれとなく俺にかまってくるレリアのおかげで、その広さを活かせているとは言いがたい。

「休日くらいゆっくり寝かせてくれ……」

学院の授業があるときと変わらない時間に起こされた俺は、あくびしながらそう要求してみる。

けれどそれは、彼女にすぐ否定されてしまう。

「だめだよ。ラウルってば二度寝と夜更かしを繰り返して、またきっと、学校あるときも起きられなくなるんだもん」

「学生っていうのはそういうものだ」

俺は適当にそんなことを言うが、レリアは首を横に振った。

「ベルナデットさんとかは、そんなことないでしょ」

「あれは特別」

彼女の口から出たのは、この学院でもトップクラスに優秀なお嬢様の名前だ。

アベラール帝立魔法学院は最先端設備を持つ、我が国最高の学院ということで当然人気も高い。

ここの卒業生だというだけで、ある程度の未来は保証されているも同然というほどだ。

だが、その実情としては……。誰もが最高峰の魔法使いになれるという訳ではない。

さすがに最低限の魔力は必要になるものの、あとはコネや財力でも入れてしまうので、経歴に箔を付けようとする貴族や豪商の子供も多いのだ。

しかしそういった富豪組とは別に、純粋に魔法使いとして優れた人間のための特別枠も、もちろんある。

俺は後者だった。

実家のある田舎は山奥で、当然、こんな学院に入れるようなお金もない。

俺が入学できたのは、精霊のレリアと契約しているということが激レアな事象だからだ。

本来なら人間には見えず、まったく感知できない精霊が存在することが分かったのも、「精霊の目」を持つ歴代の貴重なサンプルたちのお陰だ。彼らはそれぞれにパートナーを持ち、それなりの功績を残してきた。だから俺も尊重されるし、学院はレリアを調べたがっている。

しかし、精霊たちは陽気ではあるが、あまり契約前の自分を語ることはないのだった。

俺をご主人様などと呼ぶのも面白がっているだけで、主従関係というわけではない。

ともあれ、そんなふうに。

この学院内は主には、家柄が優れている者と、魔法使いとして優秀な平民とに分かれているわけだが、ベルナデット・ペナスーは特殊で、侯爵家の子女でありながら魔法使いとしても本当に優秀なお嬢様なのだ。座学も実技も成績優秀で家柄もいいとなれば、当然注目の的になる。

全ての学院生から、羨望のまなざしで見られている少女だった。

優秀すぎることや、周囲にも求める努力の基準が高めだということもあって近寄りがたい面はあるものの、学院生のお手本としてあるべき姿を示していると言えるだろう。

そんな彼女はもちろん、俺のように寝坊をしたり、だるそうに授業に出るなどということは決してない。が、そんな優等生と比べられたところでな……という感じだ。

平民組は誰でも、魔法使いとして身を立てよう、学院で結果を出して成り上がっていこうという心持ちの生徒が多い。だから真面目な生徒が大半だが、貴族組はむしろ俺と同様で、学生らしい自堕落さを持ち合わせている者も多かった。ベルナデットだけが異例なのだ。

「ラウルだって、ちゃんとすればすごいのに……」

そう言ってすねたように言うレリアだが、それは買いかぶりってものだ。

俺の能力は、この精霊の目だけ。

普通なら人間には認識できない精霊を見ることができ、契約までできるスキルだ。

だが、ほんとうにそれだけのものだった。

とてもレアだし価値はあるものの、この能力以外で、なにかの学科が優秀というわけではない。

強いていえば、レリアと契約した影響で伸び続けている魔力量が、魔法研究者を兼ねている教師たちには注目されはじめているようだが、それもレリアの力だしな。俺は何もしていない。

だから、向上心も出世欲もない俺は、やはりこの帝国最高学府では変わり者だった。

ともあれ、すっかり目も覚めてしまったし、もう二度寝って感じではないので諦めて起床する。

ややや不服な部分はあるものの、彼女のおかげで俺の生活はかなり健康的だ。それに……。

「うん？　朝ご飯にする？」

「そうだな……」

かわいらしく首をかしげる彼女にうなずく。

なんだかんだといって、レリアみたいな元気で素直な美少女につきまとわれて、悪い気なんてしないのだった。かわいいは正義……というわけで、俺は彼女の勢いに振り回される日々を、そう悪くないと思っていた。

●

この魔法学院は、比較的自由に生徒がカリキュラムを組むことができる場所だ。

有能な人間が集まる分、画一化の必要がない、というのもあるだろう。

それぞれ学びたいことも違うし、その先どこへ向かうかも違ってくる。

そんなわけで、ずっと誰かと同じクラスで学ぶということはなく、同級生でも授業がかぶったりかぶらなかったりというのは基本なのだが、俺とレリアだけは常に一緒だった。

というか、俺の隣に席がしっかりと確保されているし、ひとりでも施設を自由に使えるものの、レリアは厳密にはここの学生ではないしな。

そもそも、俺たちが習うような魔法は、精霊である彼女にとっては釈迦に説法みたいなものなのだろう。むしろ、彼女にいろいろ聞きたい、研究したいという者のほうが多いはずだ。

まあ、天才の感覚を秀才が理解できないのと同じで、レリアに話を聞いて魔法を深く理解することは、人間にはまずできないのだが。

ただ、レリアにとっては人間の学校そのものが新鮮で、刺激的みたいだった。

そんなふうにいろんなものに興味を示して楽しんでいる彼女を見ていると、俺も子供の頃を思い出すようで明るい気持ちになる。

そんな彼女はやはり、学院内を歩いていると注目されることが多い。

授業が選択制のため、合間の休み時間はやや長めで、様々な生徒が次の教室へ向かうために廊下を行き交っている。その最中にも、レリアはいつも視線を集めていた。

その視線の多くは、精霊という存在に対する憧れや好奇心だ。

魔法使いにとっても、普段目にすることのできない精霊は特別な存在だからな。

そんなレリアがこうして普通に過ごしているのはひとえに、精霊の目を持つ俺と契約したからだ。

自分を認識できる人間との契約で初めて、精霊はこうして普通に過ごすことができるようになる。

精霊の目はかなりレアな能力ではあるものの、俺が初めての保有者ではない。

歴史上は、その保有者のことごとくが優秀な魔法使いとして名が残っているということで、俺もこうして帝国随一の魔法学院に呼ばれているのだった。すべてレリアのおかげなのだ。

一緒に過ごしている俺からすると、ただの素直で元気な女の子って感じだが、そういったこともあって、学院にはレリアを神聖視している者もいるぐらいだ。

「んー……授業後の解放感って気持ちいいよね」

授業の合間、教室間の移動でさえレリアはいつも楽しそうだ。

日が差す渡り廊下を歩く彼女の明るい笑顔は、キラキラと輝いている。

そんな彼女に向けられる注目のもう半分は、この笑顔に対するものだろう。

精霊だなんだというのを抜きにしても、彼女はとてもかわいい。

純粋に整った顔立ちと、明るい表情。それだけでもとても魅力的だ。

それに加えてスタイルもよくて、元気な動きに合わせて揺れる大きな胸は、異性の視線を集めるには十分だった。

純粋で朗らかな振る舞いも、まぶしく映るポイントだろう。

飾り立てるような派手さはないものの、その必要がないくらいにレリアの存在は美しかった。

今も、歩いている彼女にはそんな憧れの視線が注がれている。

人気者であるレリアと歩くのは、当初は少し気恥ずかしくもあったが、今ではそれにもすっかりと慣れてしまった。

「次の授業が終わったらお昼だね。楽しみ」

「ああ、そうだな」

彼女は人間社会のいろんなことに興味を持っているが、食べることも大好きだ。

理由の一つとして、俺と出会って契約してから——まだ数年だというのも大きいだろう。

周囲の目を引くような魅力的な美少女である彼女だが、こちらへ来てからの時間が長くないからこそ、まだまだいろんなことに新鮮な驚きがあるのかもしれない。

人間界の食べ物も、知らないことばかりだといつも言っている。

とはいえ、珍しいものばかりが好きなわけでもないので、ただたんに、ちょっと食いしん坊なだけなのかもしれないが。

それにまあ、その栄養はほとんど胸にいっているみたいだし……。

無邪気で無防備な振る舞いを裏切る、その大きなおっぱいについ目を向けながら、そんなことを考えるのだった。

レリアとたわいのない雑談をしながら、次の教室へと向かう。

次の授業は、「魔力移動Ⅱ」だ。

物体に魔力を付与したり、外部的な動力源となる魔石の精製についてなどを学ぶ授業の二段階目となる。一段階目は必修なのだが、Ⅱからは選択制だった。

魔法を付与したアイテムや魔石があると、本来その魔法を使えない人でも擬似的に効果が発揮できるということで、魔法使い以外からも広く注目されているジャンルだ。

魔法は選ばれた魔法使いのためだけのものではなく、世間にも広く普及させたいと思う生徒が受けていることが多い。

そうなると貴族が少なく、庶民派の生徒が多そうに思えるが、実際のところはそうでもない。

貴族にだって、富は分け与えるべきという考えもある。逆に庶民でこの学院に入ってくる生徒には、むしろ自分こそが選ばれた側だというプライドがあるしな。

この授業を担当しているフラヴィ先生は割と評価が甘く、単位が取りやすいというのも、受けたがる者が多い理由かもしれないし。

ここでの学びを通して何かしらの職で一流にならないといけない庶民とは違い、貴族の中には卒業さえできれば安泰だという者も多い。そうなると、単位をとりやすい授業は助かるものだ。

かくいう俺だって、そういった思惑がないでもない。貴族枠ではないものの、俺自身、そこまで熱意や向上心に溢れて上を目指しているタイプではない。

精霊の目を持っていたことでなにやら特別扱いを受けているものの、進学自体は俺が望んだことではない。まあ、せっかくなので楽しませてもらっているし、レリアと出会えたのだから、精霊の目があってよかったとは思っているが。

いつもの席に着くと、レリアもさすがにおとなしくしている。他の人に迷惑がかからない程度に、少しだけ俺にちょっかいをかけてくることはあるが、授業中はそのくらいだ。

程なくしてこの授業の担当であるフラヴィ先生が入ってきて、授業が始まる。

彼女はいちおう教師でもあるが、魔法研究が本職だ。帝国最高峰の施設であるここには、純粋な教師による授業だけでなく、最前線の研究者が直接指導する科目がある。

最高峰の機材や資料がそろっているし、予算も下りやすいため、ここでの暮らしは研究者としても理想的らしい。

研究タイプの先生は誰もが、授業中にちょろっと自分の専門についてのは余談をこぼしたりして、型どおりのカリキュラムでないからこその面白さがあったりするので、俺も好きだった。

今日もきっと、フラヴィ先生らしい話が聞けることだろう。

俺はレリアとともに、こんなふうにして、賑やかな学院生活を送っているのだった。

●

授業が終わると、俺たちは自分の部屋へと戻ってくる。

広めの寮内でも特別な、レリアと一緒に寝起きしている部屋だ。

学生寮なのでみんなひとつ屋根の下ではあるのだが、レリアのような美少女と暮らせるなんて、それだけでもすごいことだよなぁと、たまにあらためて思う。

「ねえねえラウル！」

そう言って、後ろから彼女が抱きついてくる。

幼子のような無邪気な行動だが、彼女自身はそれなりに成長している美少女なわけで。

そのおっぱいがむにゅりと俺の背中に押し当てられると、男としては当然そこに意識が向いてしまう。彼女はあくまでただのスキンシップというか、甘えてきているだけなのだろう。自分の魅力を理解していないがゆえの行動だ。

レリアが俺に懐いてくれているのは、俺が契約者であり、ひとりぼっちだった彼女をこちらでちゃんと生きていけるようにしたからだ。

そこにあるのは信頼や親愛であって、性的な好意ではない、はずである。精霊だし。

けれど、彼女のように魅力的な美少女がそばにいて、こうしてスキンシップをとったり無防備な姿を見せられていては、俺の理性は削られていく一方だった。

特に最近は、そのスキンシップも激しさを増している気がする。

好奇心旺盛で日々いろんなことを学んでいるレリアだし、どこからか男女の付き合いの知識を仕入れてきているのかもしれない。だが、放っておくわけにもいかないだろう。

「レリア」

そんな彼女を背中から引き離して向かい合うと、俺は注意をしておくことにした。

彼女がしていることが男にどう受け取られてしまうかを考えれば、誰かに同じことはさせられない。うかつにこんなことはしないように注意しなければ、というのが半分。

そして単純に、俺の理性がもちそうにないからというのが半分だ。

言葉を選びつつも、過度なスキンシップは親愛ではなく、恋愛的な好意にとられかねないから……という話をすると、彼女はちょっと怒ったように言った。

「そのくらいわたしだって知ってるよ！　もう、子供じゃないんだからっ」

「そ、そうなのか……？」

精霊にも、大人とか子供とか、あるんだろうか？　しかしそれだと……と俺が考え込んでいると、彼女はぐいっとこちらへ迫ってきて、はっきりと言った。

「ずっと一緒にいるラウルのこと、わたしは男の子として好きだよ？　こんなにアピールしてるのに気づいてない、にぶちんだけどっ！」

少し顔を赤らめつつそう言ってくる彼女に、俺は思わず見とれてしまう。

俺としては、彼女に魅力を感じつつも、あまりそういう目で見ないように……と意識しては失敗していたわけで。

そんなふうに驚いていると、俺の顔色から、彼女もこちらの気持ちはわかってしまったらしい。

嬉しそうに笑みを浮かべながら、さらにぐいっと迫ってきた。

「ラウルはどう？　わたしのこと、好き？」

「あ、ああ……」

思わずうなずくと、彼女はさらにぐいっと迫ってくる。顔が近くて、どきどきしてしまう。

「そうなんだ。その好きって、頭をなでなでしたいだけの好き？　それとも、わたしとえっちなことをしたい好き？」

「うっ……」

レリアの口からそんな言葉が出ると、落ちつかなさと同時に期待が湧き上がってしまう。

大胆な見た目に反して、中身は子供……そんなふうに思っていた彼女が見せる、大人びた女の顔にどぎまぎしてしまった。

「わたしは、ラウルとえっちなこと、したいよ？　そういうことだって、いろいろ勉強してるんだから……」

そう言いながら彼女は俺の太腿を撫でてきた。しなやかな指がくすぐるようにさすってくる。

その手つきは子供が甘えるようなものではなく、妖艶な色を含んでいた。

レリアの表情も、いつもの明るく元気なものではなく、もっと色気を含んだ女のものになっていたのだった。

「うわっ……」

そんな表情を見せられて、こんなふうに誘われて……我慢できるはずがなかった。

俺は衝動のまま、彼女を抱きしめる。

「あんっ」

彼女の身体は細く、けれど柔らかい。

特に、正面から抱きしめるとそのおっぱいが俺の身体へと押しつけられる。

「ラウルもえっちなこと、したいんだね。んっ……」

そう言って目を閉じ、唇を突き出してくるレリア。俺はそんな彼女に、そっとキスをした。

「ちゅっ……んっ……」

触れるだけのキス。けれど、すごくドキドキとした。

「ラウル、んっ……」

彼女はねだるように唇を突き出し、俺はもう一度キスをする。

何度か触れるだけのキスを繰り返していき、互いに舌を伸ばしていった。

「れろっ、ん、ちゅっ……」

彼女がつたない様子で舌を絡めてくる。それを受けながら、さらに舌を伸ばしていった。

「んぅっ、あふっ、んっ……」

温かな口内へと侵入し、そこを舌で犯していく。

頬や上顎のあたりに舌を這わせ、彼女の舌をなで上げる。

「んむっ、ふぅ、んっ……♥」

深いキスで、彼女の吐息も色づいていった。

「あふっ、ん……」

長いキスを終えて口を離すと、彼女がとろんとした表情になっていた。

いつもとは違う妖艶な雰囲気に、俺の興奮も高まっていく。

「レリア……」

俺は彼女の服に手をかけて、はだけさせていく。

「あっ、んっ……」

大きな胸を包むブラがあらわれる。

「んっ……」

レリアは少し恥ずかしそうにしつつも、そのまま俺に身体を許してくれている。

俺はブラに手をかけ、脱がせていった。

「あぅっ……」

普段から目を奪われている、大きなおっぱい。それがブラから解放され、柔らかそうに揺れた。

俺は思わずそこに見とれ、そのまま手を伸ばしていく。

「おお……」

両手でそのおっぱいに触れると、むにゅりという魅惑的な感触とともに、乳肉がかたちをかえていった。

「ん、ふぅ……」

レリアは艶めかしい吐息を漏らしている。

俺はそのまま、指に吸いつくような肌と、柔らかな彼女のおっぱいを堪能していった。

「あうっ、ん、あぁ……」

柔らかでありつつもハリのある胸が、俺の手に極上の感触を伝えてきている。

「あふっ、ん、ラウル……」

彼女は潤んだ瞳で俺を見つめてきた。その表情もとてもよく、俺を昂ぶらせていく。

手を動かすと、指の隙間から乳肉がいやらしくはみ出してくる。

日頃から意識を奪われていた、あのレリアのおっぱいを揉んでいると思うと、俺のテンションは上がっていく一方だ。

「あふっ、ん、あぅっ……♥」

「あっ、これ……」

そうしておっぱいを楽しんでいると、彼女の声がより色めいたものになってくる。

そして同時に魅惑的な双丘の頂点で、ぷっくりとその存在を主張してくるようになったものがあった。

「レリアの乳首、たってるな」

「あんっ♥　あぅっ、だって、ん、なんだか……」

レリアは羞恥に頬を染めながら、軽く目をそらした。

俺はそんな彼女の乳首を、軽く指先でいじってみる。

「あんっ、あっ、んぅっ……」

弾力のある乳首が俺の指にこすられて震える。

それと同時に、レリアからは艶めかしい声が漏れていた。

俺はそのまま掌で乳首を刺激しつつ、乳房を揉んでいく。

「ひうっ、ん、あぁ……ラウル、ん、あぅっ……」

俺は夢中になっておっぱいを揉み、憧れの柔肉をこね回していった。

「あぁ、ん、ふぅ、んぁっ！」

声を出す彼女と、おっぱいの感触。

永遠にこうしていたい気持ちがある反面、より先への欲望も湧き上がってきている。

俺は名残惜しさを感じつつも胸から手を離して、彼女のスカートを脱がせていく。

「あっ、んっ……」

レリアは恥ずかしそうに身体を揺すったが、それだけだ。

俺はそのまま、彼女のスカートを脱がせてしまう。

小さな下着一枚に包まれただけの、彼女の大切な場所。その一部が、もう濡れていた。

「レリア、ここ」

「あっ、んぅっ、ラウル、見ちゃ、あうぅっ……」

愛液がしみ出しているのを自分でもわかっているレリアが、恥ずかしそうにした。

美少女のその姿は、より俺を興奮させていく。

「レリア、脱がすぞ」

そう言って、俺は彼女の下着へと手をかけた。そしてそのまま、ゆっくりと下ろしていく。

「あっ、んぅ……」

「おお……」

小さな布はすぐにするりと下ろされていき、彼女の秘めたる場所をさらしてしまう。

ぴったりと閉じた、まだなにものも侵入していないであろう割れ目。

もう濡れているそこを前に、俺は欲望がさらにふくらむのを感じた。

「あぅっ、ラウルに、全部見られちゃってる……」

羞恥に身もだえるレリアはとてもかわいい。

いつもとは違う、受け身でおしとやかな感じがギャップになり、俺の欲望をかき立てていった。

俺はゆっくりと、そこに手を伸ばす。

「あんっ、あ、あぁ……ラウルの指が、わたしの、んんっ♥」

割れ目をそっと撫で上げる。

女の子の場所に触れているという感動を抱きながら、割れ目に指を往復させていく。

「あっ、ん、あふっ、ラウル、んぅっ……」

彼女はエロい声をもらしながら、されるがままになっていた。

その割れ目から、じっとりと愛液があふれ出してくる。

くちゅ、といやらしい音を立てながら彼女のそこをいじり、俺は指で秘裂を広げていった。

「あ、ああっ……わたしの、んぅ、大事なとこ、ラウルにしっかり見られて……あふっ、ん、あぁっ……♥」

くぱぁっとひろがったおまんこに、俺の目が奪われる。

ひくりと震えている複雑な襞《ひだ》が見え、俺の期待をかきたてていった。

いつもは無邪気で元気な女の子であるレリアの、女の部分。

そこを隠すように膜があり、その奥はまだうかがえない。

それでも、愛液でぬらりと光り、ひくつくおまんこはあまりにもエロい。

俺は思わずつばを飲み込みながら、その部分を眺めていく。

「ひうっ、ん、あぁ……」

女性器をじっくり観察される羞恥に、レリアが足を閉じようとする。

俺はその足を押さえて、まずもっと濡らしていこう、とそこへ指を這わせていった。

「あっ、んはぁ、あぅっ……」

レリアはおまんこをいじられながら嬌声をあげていく。

くちゅくちゅとその蜜壺をいじっていき、彼女を感じさせていった。

「あふっ、あぁ……なんだか、ん、うぅっ……」

気持ちよさそうに声を出すレリアに、俺の興奮も増していく。

そして次は、そんな膣口の上で物欲しそうにしているクリトリスへと指を伸ばした。

「ひうんっ♥」

淫芽に触れると、彼女がびくんっと反応した。

やはりここはとても敏感らしい。

俺はそんな彼女のクリトリスを優しく指でいじり、責めていく。

「あふっ！　んぁ、ああっ！　ラウル、あぁ、そこ、ん、ああっ！」

彼女は嬌声をあげながら身体を震わせていく。

俺はそんなレリアの突起を刺激し、彼女を高めていった。

「あぁっ♥　ん、そこ、だめぇっ……！　わたし、んぁ、あ、ああっ！」

彼女が嬌声とともに身体を動かし、愛液が溢れてきている。

「あふっ、んぁ、ああっ、あぁっ……♥」

「やっぱり、ここが気持ちいいんだな」

「あうっ、そ、そうだけど、そんなにいじられたらっ、んぁっ、あぁ……！」

気持ちよくなっている彼女を見ながら、片手でクリをいじりつつ、もう片方の手で膣口あたりをほぐしていく。

「あぅっ、ラウル、んぁ、あっ、もう、だめ、あ、ああっ……♥」

彼女は一段高く声を上げながら、身もだえている。

けれど身体のほうは正直で、より強い刺激を求めるかのように腰を動かしていた。

そのエロい動作に興奮しながら、俺は手でくちゅくちゅと美少女の秘穴をいじっていく。

「あうっ、だめ、イっちゃう……！　こんなに、んぁ、気持ちいいなんて、あっ、んぁ、あうっ、イクゥッ！」

ぴんっと身体を跳ねさせながら、レリアがイったらしい。

「あうぅっ……♥　あ、あぁ……」

彼女はうっとりと快楽の余韻に浸っている。

おまんこもすっかりと濡れ、恍惚の表情で身体を任せているレリアの姿はあまりにエロい。

そんな姿を見せられて、今の俺が自分を抑えられるはずがなかった。

俺は服を脱ぎ捨てて、裸になる。

「あっ、それ……ラウルの……♥」

彼女の目が、そそり勃つ剛直へとそそがれる。

「それが、わたしの中に……んっ♥」

期待するメスの目で見られると、チンポも雄々しく天を向いていく。

「レリア、いくよ」

「うん……」

俺は彼女の入り口へと、その肉棒をあてがった。

「あんっ……♥　熱いのが当たってる……」

ぬぷっ、と陰唇を押し広げるペニス。

そしてその膣口へと先端を当て、愛液を浴びていく。

これから、レリアとひとつになるのだ。俺は覚悟を決めて、ゆっくりと腰を押し進めていった。

「あぁ……♥　ん、くぅっ……」

めりっと、まだ何も侵入したことのないそこを押し広げていくと、亀頭が処女膜へと触れる。

「いくぞ」

「うん、きてっ……はいってきて、ラウル」

その言葉に背中を押されて、俺は腰を前へと押し出した。

「あっ、ん、あぁ……」

みちっと膜を押し広げるようにしていくと、ついに抵抗がなくなる。

「んあああぁぁっ！」

ぬぷりと肉棒が膣内に飲み込まれて、膣襞からの歓待を受ける。

十分に濡れた内襞が、肉棒をこすり上げながら包み込んだ。

「う、あぁ……」

女の子のおまんこの中。そのあまりの気持ちよさに、思わず声が漏れてしまう。

初めて男を受け入れる膣内は狭く、きついくらいに肉棒を締めつけていた。

「あふっ、んぁ、ああっ……！　熱くて、硬いのが……あうっ、中にきて、ん、あぁっ……！」

剛直を挿入された彼女は、体内を押し広げていく異物を受け入れるので精いっぱいという感じだった。

俺はその膣内で、一度腰を止める。

だが、こうして挿入しているだけでも、ものすごく気持ちがよかった。

膣襞は細かく震え、肉棒を締めつけてくる。

「あふっ、ん、あぁ……♥　入ってる、ね……」

「ああ」

うっとりと言う彼女に、俺はうなずいた。そしてしばらく、ふたりでそのままじっとしている。

彼女が落ち着くまでは、その膣内をゆっくりと味わっていた。

「あぅ……ラウル、ん、もう、大丈夫だよ……」

やがてレリアがそう言ったのをきっかけに、少しずつ腰を動かしていく。

「んぁっ……あっ、ふっ……。ラウルのが、わたしの中で、んっ、動いているのがわかるよっ……ん、あぁ……」

まだ狭いその膣内を、かき分けるようにして進み、慎重に腰を引く。

女の子のおまんこに咥えこまれ、すべてを包まれる感覚。それは人生初の快感だった。

「んくっ、あ、あふっ……ん、あぁ……ラウルと、つながってる……♥」

カリ首が膣襞を擦り上げると、レリアが声を漏らしていく。

そっと腰を動かしながら慣らしていくと、その声にだんだんと艶がまじり始めていった。

「あっ♥　んっ……これ、ん、くぅっ……」

最初は受け入れることに精一杯だったようだが、今は感じ始めているのがわかる。

俺は徐々に腰の動きをスムーズにさせていった。

「あふっ♥　あっ、んぁ……おちんちん、こすれて、あ、ああっ……♥」

レリアは嬌声を漏らしながら、俺のチンポを受け入れている。

腰を振りながら、そんな彼女の姿をじっと眺めた。

俺の肉棒で感じ、女の顔になっているレリア。普段は元気な美少女が、エロく乱れている。

「あふっ、んぁ。あぁ♥」

細いくびれをつかんで腰を振っていくと、ピストンに合わせて彼女の身体が揺れ、おっぱいも弾んでいる。

「ラウル、んぁ、これっ、気持ちよくて、わたし、あぁっ……！」

レリアの変化を感じながらも、たまらず腰を振っていく。

肉棒が膣襞をこすり上げ、どんどん興奮が高まっていった。

「あふっ、んぁ、あ、あぁ……♥」

レリアもすっかりと嬌声をあげて、感じてくれているようだ。

俺はそのまま、ピストンの速度を速めて高みへと向かっていく。

「んぁっ♥　あっ、あぁっ！　そんなに、あぅっ、おまんこ突かれたらっ、わたしっ、んぁ、もうっ、あっ、ああっ！」

レリアが喘ぎながら、期待の目を向けてくる。

俺はその腰をしっかりとつかんで、ラストスパートをかけていった。

「ひうぅっ♥　おちんちん、中をずぼずぼって……！　あっ、だめっ、んぁ、あうぅっ……！」

蠕動する膣襞が肉棒に絡みつき、こすり上げてくる。

「あふっ、もうっ、イクッ！　あっ、ラウル、んぁ、ああっ、イクッ！　わたし、イっちゃうっ！」

「ぐっ、う、俺もそろそろ……」

処女穴はしっかりと肉棒を咥え込んでいて、際限なく刺激してきている。

そのキツさと気持ちよさに、俺ももう限界だった。

「あ、んはぁっ！　あっあっ♥　イクッ、もう、だめぇっ……♥　あっ、イクイクッ、イックウウウウウッ！」

びゅるっ、びゅるるるるるっ！　と、彼女の絶頂と同時に俺も射精した。

「んはぁぁっ♥　あっ、あぁ……」

中出し精液を初体験し、レリアが声をもらしていった。

「う、あぁ……すごすぎる……」

射精中もおまんこがしっかりと絡みつき、俺を絞り上げてくる。おまんこがこんなにもキツいなんて知らなかった。余さずに搾り取る膣襞の動きに、俺はすべての精液を吐き出していった。

「あ、あぁ……。すごい……おなかの中に、ラウルのが、いっぱい……♥」

うっとりと言うレリアから、そっと肉棒を引き抜く。事後の彼女もやはりとても艶めかしく、レリアと一つになったのだという充実感が、じんわりと俺の胸に広がっていった。

「ラウル……」

こちらを見つめる彼女を、抱きしめる。

「んっ……好き」

レリアは嬉しそうに抱き返してきた。

火照った身体の柔らかさを感じながら、しばらくそうして抱き合っていたのだった。

レリアと身体を重ねてから、数日がたっていた。

「おはようございますご主人さま、もう起きる時間ですよ」

そんな言葉とともにベッドに誰かが入ってくる。いや、寝ぼけた頭でもレリアだとわかるのだが。

「ひゃうっ、あっ、ラウル、ダメだよ、んっ……」

かつては上に乗ったり布団をまくり上げたり、酔いそうなほどの勢いでゆすってきたものだが、身体を重ねてからは起こし方も少し甘くなっていた。

俺は布団に入ってきたレリアを抱きしめ、そのまま眠りに戻ろうとする。

「うう、だめだって、ん、もうっ……」

口ではそう言いながらも、レリアは抱きしめられるままになっていた。

その温かさと柔らかさを感じていると、安心感が湧き上がってくる。

エロい気分のときなら当然、その魅惑的な身体に興奮していくのだが、今はまだ寝起きで頭が覚めきっていない分、純粋に安らぎを感じていた。

「ん、もう、ラウルってば……」

彼女自身も甘えるようにこちらに身体を預けている。俺はそのまま眠りに落ちかけ——。

「ってダメだよ、ラウル、今日はお休みじゃないんだからっ！」

すんでのところで理性を取り戻したレリアに暴れられて、起こされてしまう。

「ほら、遅れちゃうよ」

そう言って起き上がろうとする彼女を、さらにぎゅっと抱きしめた。

「もう、だめだって……うぅっ……えいっ……」

一瞬流されかけた彼女だったが、ちゃんと理性が残っていたらしく、反撃にくすぐってくるのだった。彼女の細い指が俺の脇腹でこしょこしょと動いてくる。その刺激に思わず手を離すと、彼女はもぞもぞとベッドから出て、外から揺すって俺を起こしてくるのだった。

「わかったよ……」

俺は諦めて、しぶしぶと起きることにした。

これまで以上にスキンシップや甘えてくることが増えたレリアだったが、俺を怠惰《たいだ》に甘やかしてはくれないらしい。しっかりと起こされて、今日も真面目に授業を受けるのだった。


学院の授業は様々だ。

生徒それぞれの目標や適正によってカリキュラムを組んでいくことになるのだが、精霊の目というレアスキル一本で学院に招かれた俺は、これといって専門となるものがない。

平民の生徒は多くの場合、その能力に合わせて将来を見据え、専門にそった授業構成なのでジャンルが偏っていく。だが俺の場合は、いろいろな基礎をまんべんなくとっている形だった。

そして今日は召喚術の授業だ。召喚魔法というのは、男なら心躍るだろう魔法だ。

教壇に立つのはジール先生。彼女も研究のほうがメインの先生だ。

召喚術のスペシャリストであり、強力なモンスターを使役できるらしい。

「召喚術というのは、「移動」と「使役」でできている」

彼女の声が教室に響く。

魔法の授業というのは、興味を引く知識が多い。もちろん、様々な理論の基礎の基礎など、極めて退屈なこともあるのだが、多くの授業は何かしらの新しい魔法を教えてくれる。

初めて魔法を放ったときに感動したように、新しい魔法は新しいおもちゃのようでもあるのだ。

そんな中でも、召喚術はとくに楽しいものだった。

仮の姿を持つ妖精やモンスター、動物などを呼び出し使役するというのは、炎や氷の魔法を放つのとは違った方向の魔法使いらしさに溢れている。

俺同様、多くの生徒たちもそんな召喚魔法への興味を持って、彼女の話を聞いていた。

「使役する対象――動物やモンスター、時には妖精とも契約し、その契約対象を自らの元へと召喚する」

静かに話していくジール先生の声が、教室にすっと通っていく。

「この術は距離に関係なく、どこからでもモンスターや妖精を呼び出すことができる。そのときに使われるのが転移魔法なのだが――」

転移魔法というのも、多くの生徒にとって興味のあるところだ。

瞬間移動は便利だし、憧れの魔法だ。けれど、ジール先生は続ける。

「期待を抱かれがちな転移魔法だが、これは今のところ、召喚術以外ではあまり実用的ではないものだ。というのも――」

そう言って彼女は、ボードに図を書いていく。

「妖精や魔法で生み出されたモンスターのように、存在自体が魔力をベースにくみ上げられている者は、この転移と実に相性がいい。どんな距離であろうと関係なく呼び出せるし、呼び出すことによる弊害もない。そのため、召喚魔法は主にこの二者に対して使われる」

そして、話は核心へと迫る。

「しかし野生動物のように普通の生身だと、この距離に限界が生じてくる。大体の場合は、数キロ程度が限界だ」

猫やカラスを使い魔にする場合、呼び出せる距離に限りがある、ということだ。

まあ日常的には問題のない範囲だが、モンスターの使い魔のように、戦闘中にとっさに遠くから呼び出すということはできない。

「そして相性最悪なのが、残念ながら我々人間だ。諸君らの期待を裏切るようだが、人間が対象となると、召喚としてはほとんど使い物にならない。人間を移動させられるのはせいぜい数十メートルであり、これは行使する魔力量には関係のない結果だ」

多くの魔法では、費やす魔力が大きければ大きいほど効果を増していく。

炎の魔法はより火力を増すし、風の魔法は鋭さや規模を増していく。

けれど転移魔法については、術式自体ではなく人体のほうの問題らしく、たとえどれだけ魔力量があっても距離を伸ばすのは難しいらしい。

それを聞いて、教室内からがっかり感が漂ってくる。

まあ、それもそうだろう。転移による長距離移動は一種の憧れだ。

「まあ、そんなわけで、転移で自分自身が楽々移動する、という幻想は捨て去った上で、この授業を聞いてもらいたい。一番の理想こそ夢物語だが――本来なら恐れる対象であるモンスターを召喚し、その神秘に迫ることができるのは、召喚術の大きな魅力だ」

ジールの言葉に、何割かの生徒がまた目を輝かせる。

「モンスターを呼ぶ、という性質上、召喚魔法には危険な面もある。そのため、モンスターの召喚には免許が必要だが――」

そう言った彼女は周囲を見渡すと、続ける。

「この召喚魔術Ⅰでは基礎を、Ⅱで妖精をベースにした実践にも入り、Ⅲを終えるころには免許の取得も見えてくるだろう」

その言葉に、生徒たちの一部は再び興奮しているようだ。

召喚魔法はやはり、魔法使いの憧れの能力なのだった。


そんなふうにして始まった授業の終了後、俺は隣のレリアを見る。

彼女もまた、精霊という存在だ。

厳密には違うらしいが、体系的には妖精の上位に当たる存在である。

俺たちは精霊の目によるパートナー契約なので、使役という関係ではないが……。

「しかし、やっぱり長距離転移はできないのか」

俺は少しがっかりとした様子でレリアに言った。

移動が楽になるのは素晴らしいことだが、そう簡単にはいかないらしい。

「転移は無理でも、光魔法で移動速度を上げればいいんじゃない？」

すると彼女は、そう言って首をかしげる。

「いや、その極端に上がった速度に耐えるのも、人体だと難しいんだけどな」

光属性の精霊であるレリアは、まさに光のようなスピードで移動することも可能らしい。

とはいえ、それは彼女だからできることだ。

光魔法の利用による加速自体はできる魔法使いも多いし、それだって十分な速さはある。

けれどレリアほどの速度を出すとなると、まず人体が耐えられない。

「身体強化魔法を鍛えないとね」

「そうだな……」

結局は、楽に時間短縮で移動できる手段などない、ということだ。

まあ、仕方ないといえば仕方ないことではあるが……。

「それにしても、召喚って免許がいるんだね」

「まあ、呼び出したモンスターを制御できないとまずいしな」

強さに応じて、取得する免許も違うらしい。

それでも下位の召喚なら、学院でちゃんと学べば普通にとれるようだ。

一般的には結構難しい部類らしいが、仮にも最高峰の学院だしな。

「ラウルは召喚魔法を覚えたいの？」

「どうだろうな。あったら便利だとは思うけど」

元々、俺自身はそんなに戦闘向きなタイプではない。

というよりも、精霊の目がレアスキルなだけで、俺自身は平凡な魔法使いだ。レリアとの契約で魔力量は高めになってきているが、まだまだ扱える魔法がそれに追いついていない。

「でも、いろんな魔法を使えるようになるのは楽しいよね」

自分自身も人間社会で、いろんなことを好奇心旺盛に吸収しているレリアが言った。

「ああ、それはそうだな。覚えるのは大変だけど」

本来、そんなに頭脳明晰ってタイプではないし、これまでものんびりと過ごしていたからな。いろいろ覚えるためにたくさん勉強する、というのはどうもハードルが高い。

「ま、気長にいくか」

「そうだね。先は長いし」

彼女と過ごす中で、俺の魔力量はどんどん上がっている。

増加はゆっくりとだが、ずっと魔力量の成長が止まらないというのは珍しいことだ。それも精霊の力の影響かということで、研究者たちも注目しているようだった。

俺としてももちろん、魔力が増えて困ることはない。

もっともっと魔力量が伸びれば、魔力の結晶体であり、魔道具や魔法補助に使われるアイテムである魔石の制作にも役立つからな。制作時に込める魔力の量で、価値が変わるのが魔石だ。

その性質上、より多くの魔力量を持つ人間が作る魔石は、高額で取引される。

魔力量がこのまま上がっていけば、そのうち魔石の制作で食べていけるかもしれない。

そんなわけで、あまり勉強熱心ではない俺としては、この成長はとても望ましいことだった。

「魔道具って便利だもんね。すごいよ」

人間社会に来てから様々な魔道具に触れているレリアは、楽しそうに言った。

最初から多くの魔法が扱える精霊にとって、人間のそういった技術は興味深いらしい。

魔道具は魔石さえあれば、魔法が使えない人でも効果を得られるしな。

学院にいると勘違いしてしまうが、魔法は使える人間が限られる能力なのだ。

そんな話をしながら、俺は魔力について考える。なんとなくだけど、レリアとの関係が進展したからなのか、最近ちょっと伸びが良いような気がしているのだ。

●

そしてその予感は、正しかったようだ。

元々、レリアと契約してからずっと地味に伸びていた魔力量が、ここにきて急に、さらに一段階伸びたのだ。それについて先生から尋ねられたが、さすがにえっちなことをしましたと素直に言うわけにもいかないので、適当にごまかしておいた。

安定して伸び続けてはいたし、そこまで怪しいことではないだろう。多分だけど……。

レリアと契約してから、魔術師としての俺の世界はどんどん広がっている。

最初は精霊の目を持つ以外には平凡な魔術師だった俺だが、今では上位に近い魔力量を誇り、その余力で、学生レベルではあるが様々な魔法を扱える。

魔力量は使える魔法の幅や回数に関わってくるので、当然多ければ多いほど有利だ。

効率よくやりくりするのももちろん有効だが、圧倒的な魔力量さえあれば、そのあたりのことを考える必要もなくなり、より魔法の習得だけに集中できる。

まあ、今の時代はモンスターが出る以外は平和なものなので、冒険者でもなければ魔力量が生死に関わることはあまりないが、研究をする上でも便利なことには変わりない。

このまま伸びていけば魔力量を活かして、誰かしら優秀な研究者の助手としてでも、それなりにやっていけそうだ。

まあそれはともかく、魔力量の変化についてはレリアにも話しておくことにした。

彼女とのつながりが関係しているかもしれないしな。

「へぇ、そうなんだー」

しかし、レリア自身も驚いたように言った。

「わたしって、人間に会ったのもラウルが初めてだし、契約でお互いがどういうふうになるか、わからないんだよね……。でも魔力量が増えるのは、ラウルにとってもいいことなんだよね？」

俺と出合うまでは、誰かと会話したことすらないという。相手には見えないのだから、それはそうだろう。契約したとき、レリアがほんとうに嬉しそうだったとは今でも印象深く覚えている。

「ああ。多少目立ちはするが、恩恵のほうがずっと大きいな」

俺がそう言うと、彼女は俺の後ろに回り、ぎゅっと抱きついてきた。

柔らかなおっぱいが背中に当てあてられる。そういうスキンシップは前からあったが、今はもっと明確に狙って胸を当てている気がするし、態度に色気のようなものがあった。

「それじゃあ、もっと試してみない？」

いつもよりもしっとりとした声で彼女が言った。

それはもう魔力のことは関係なく、ただえっちしたいだけなのではないだろうか、とも思ったけれど、俺としても歓迎なのでそのまま乗っかることにした。

そして俺たちは、ベッドへと移動する。

「ラウル、ん、しょっ……」

彼女は自分の服をはだけさせる。胸元を露出させてブラを外し、ぶるんっとおっぱいが出てくると、俺の視線はそこへ引き寄せられてしまう。

丸出しおっぱいを揺らしながら近づいてきたレリアが、そのまま俺の服へと手をかけていった。

「ん、えいっ……」

俺の服を脱がしていき、下着ごとズボンを下ろしてくる。

人に脱がされるというのは、なんだか少しくすぐったいものだ。

「ラウルのこれも、期待してくれてるね」

彼女は肉竿を握り、軽くしごき始める。

「男の人は、こうされると気持ちいいんだよね？」

そう言いながら、上下に優しく手を動かしてくる。

「そんなのどこで……」

「いろいろ本とかあるし、こういうことも勉強できるからね……♥」

大胆なことを話しながらも、レリアは肉棒をいじってくる。

「この前はあまりじっくり見ることもなかったけど……ラウルのおちんちんってこんなふうになってるんだね……」

彼女はかたちを確かめるように、両手を使っていじってくる。

「熱くて、硬くて……ここがでっぱってて……」

「うっ……」

チンポの形状を確かめながらさすっているレリアは、とてもエロい。

熱っぽく肉棒を見つめて触っているのは、女としてのエロさと、普段の好奇心旺盛な少女の様子が混じり合っている。そんな背徳感も、俺を刺激してくるのだった。

「ん、ここの裏筋が気持ちいいんだよね？」

「ああ……」

すりすりと撫でられながらうなずくと、彼女はまた熱心にチンポをいじっていく。

「これがわたしのなかに入ってきて……んっ♥」

挿れたことがあるからこそ、想像も膨らんでいくのだろう。

レリアはぎゅっと足を閉じるようにしながら、さらにペニスを触っていく。

「あふっ、おちんちん、硬く膨らんで……このままいっぱい気持ちよくなると、精液がぴゅーって出るんだよね」

「そうだな」

俺がうなずくと、彼女は肉棒をじっと見つめた。

「ラウルは、このまま一度手でいきたい？　それとも……もうわたしの中に挿れたい？」

どこか期待に満ちた目で、レリアが尋ねてくる。

「レリアはのほうは、もう準備できてるのか？」

そう尋ねると、彼女は顔を赤くしながらも頷《うなず》いた。

「だって……こんなにえっちなおちんちんを触ってたら、んっ……♥」

素直にそう答える美少女はとてもかわいらしく、俺も我慢できなくなりそうだ。

「それなら……」

「うんっ」

俺が言い出す前に、喰い気味にレリアが迫ってくる。

そして彼女はそのまま俺をベッドに押し倒し、自分も下着を脱いでいった。

「今日は、わたしがするね……？」

そう言って、レリアは俺の上にまたがってくる。

短いスカートの奥では、おまんこがもう濡れて光を反射していた。

こうしてスカート越しに女の子の秘部を見るというのは、全裸とは違った興奮がある。

とてもいけないことをしているみたいだ。無防備な姿を、のぞき見ているみたいな錯覚も楽しい。

そんなふうに思っていると、彼女は肉棒をつかみ、腰を下ろしてくる。

「ん、あふっ……♥」

そして自らのおまんこに、チンポを導いていくのだった。

「あっ、ん、ふぅっ……！」

腰を下ろし、肉棒が陰唇をかき分ける。

くちゅり、といやらしい音を立てながら、肉棒はおまんこへと飲み込まれていった。

「あっ、ん、あぁ……♥」

まだモノを受け入れ慣れていない膣内は狭い。

それでも充分に濡れていて、しっかりと情熱的に肉竿を咥えこんでいくのだった。

「あぁ……ん、おちんちん、わたしの中に、入ってきてるよっ……♥」

彼女はうっとりと言いながら、まずはしっかりと腰を下ろして、そこで止まった。

彼女の膣内に、肉棒が飲み込まれている。

「あふっ、ん、あぁ……」

騎乗位で俺にまたがっているレリアを見上げると、秘部が肉棒をぐっぽりと咥えこんでいる。

お腹の部分は服で隠れているものの、くつろげられた服からおっぱいが溢《あふ》れだして、こちらへとアピールしていた。

普段から目立つ巨乳は服に寄せられて強調され、それを見上げることでより迫力満点だった。

そして、いつもは元気で明るいレリアが見せる、妖艶な表情がその先にある。

「それじゃ、動くね……」

そう言って、レリアはゆっくりと腰を動かし始める。

「あっ♥　ん、あふうっ……」

腰の動きに合わせておっぱいも揺れ、俺の目はそこに引き寄せられる。

「ん、しょっ、あっ、あふっ……」

ゆるかな動きだが、そのぶん膣襞《ちつひだ》が入念に肉棒をこすっていった。

「あふっ、ん、あぁ……♥」

まだまだ経験の浅い膣内は狭く、きゅうきゅうと肉棒を締めつけてきた。

「あぁ、あぅっ……わたしの中、どんどん広げられてっ……んぅっ、ラウルのおちんちんのかたちにされちゃってるね♥」

うっとりと言いながら、さらに腰を動かしている。

その動きの度に、おっぱいもゆさゆさと、柔らかそうに揺れていた。

俺は下から手を伸ばし、そのたわわな果実を持ち上げるように揉んでいった。

「ひぅっ♥　あっ、んぁ、ラウル、もうっ……」

急におっぱいを揉まれ、彼女は快感と驚きの声をあげる。

俺は柔らかなおっぱいの感触を楽しみながら、そのまま好きに揉んでいく。

「あふっ、ん、あぁ……♥　そんな、おまんこもおっぱいも気持ちよくされたら、んぁ、あうっ、……んはぁっ！」

レリアが喜びの声を上げ、俺はおっぱいを揉みながら彼女の腰振りを楽しむ。

膣襞がますます肉棒を包み込みながら、にゅぷにゅぷと蠕動していた。

その気持ちよさに、俺もどんどんと高められていく。

「あんっ♥　あっ、んぅっ……」

お互いの快感が増していくごとに、彼女の腰使いも激しくなっていく。

「ラウル、んぁ……」

レリアはより激しく動くためにか、前屈みになってきた。

俺はおっぱいから手を離して、そんな彼女を見守る。

「これで、ん、あぁっ……！」

レリアは前傾姿勢のまま腰を激しく動かしたので、膣襞がうねりながら肉棒を責め立てた。

「あふっ、ん、あぁっ♥　おまんこ、ずぶずぶって突かれて、んぁ、あぁっ♥」

といっても動いているのはレリアなのだが、腰を振りながら、楽しげに嬌声を上げていた。

そのスケベな姿と、搾り取るようにうねる膣襞に俺も高められていった。

「あふっ、ん、あぁっ……♥　ラウル、んぁ、あんっ♥」

喘ぎながら腰を振っていく彼女に、俺も下から腰を突き込んで応える。

「んくぅっ♥　あっ、ラウル、それ、んぁ、突き上げるの、んあぁっ！」

ふたり分の動きで、肉棒が彼女の中に深くまで刺さっていく。

膣襞をかき分け、その最奥のしこりにキスをすると、くぽっと亀頭に吸いついてきた。

「あふっ、ああっ……♥　わたしの一番奥までっ……ラウルのおちんちんが、んぁっ……ああっ！」

降りてきた子宮口を突かれ、彼女がさらに乱れていく。

「うおっ……」

膣内もさらに貪欲に肉棒をしゃぶり尽くしてきて、俺も限界が近づいている。

「レリア、うっ……」

「ラウル、んぁ、きてっ……そのまま、んぁっ、ああっ！」

俺の上で腰を振りながら、感じきったとろけ顔でこちらを見つめてくる。

そのエロい表情に誘われるまま、俺も放出に向けて腰を突き上げていった。

「んぁっ♥　あっ、あああっ！　もう、んぁ、イっちゃう……！　ラルル、んぁ、あぁぁっ！　んくぅっ！　だして！　いっぱいわたしのココに、だしてー！」

「う、ああ……俺も、出るっ……！」

腰をエロく動かし、髪を振り乱すレリアの姿は艶めかしい。子宮口が吸いついてきて存在を主張し、俺に射精のターゲットを教えてくる。

レリアは抱きつくように俺に覆い被さり、おまんこもぐっぽりと肉棒をくわえ込んでいる。

美少女が全身で精液をねだっているようで、俺はもうたまらなくなった。欲動のまま腰を突き上げ、その膣内を先走りで染み出す体液で犯していく。もうすぐだ。もうすぐ、出る！

「ああっ！　あっあっ♥　イクッ、わたし、んぁ、イクッ！　イックウウゥゥゥッ！」

びゅるるっ、びゅく、びゅくんっ！　と、俺はそのまま彼女の中で射精した。

「んはぁぁぁっ♥　あっ、あぁ……！　熱いの、出てるっ、んぅっ！」

跳ね上がる精液を受けて、彼女がさらに嬌声をあげていく。

同時に、絶頂おまんこがしっかりと肉棒を絞り上げていった。

「あぁ♥　熱いの……どろどろ……いっぱい出てる、んぅっ♥」

中出し精液を受け止めて、レリアがうっとりとした声を漏らしている。

「あぁ……♥　きもちいいよぉ……」

俺にまたがったまま、彼女は恍惚の表情を浮かべていた。

「あふっ……えっちって、すごく気持ちいいね……」

そのエロくも美しい姿に俺がうなずくと、レリアは嬉しそうに笑みを浮かべた。

「ラウル……んっ……ちゅっ」

彼女は肉棒を引き抜くと、そのまま俺にキスをしてきた。

柔らかな唇を感じながら、彼女を抱き留める。

激しい行為で汗ばんだ肌と、甘やかな吐息。

俺たちはそのまま、しばらくの間は、いちゃいちゃとして過ごしたのだった。

# 第二章　女教師フラヴィのお手伝い

精霊であるレリアとの関係が深くなってからは、これまで以上にいちゃつきも増え、エロく幸せな生活になった。それはそれですごく嬉しい。

しかしそういった個人的な部分以外にも、魔力量の急激な増加がやはり問題になってきた。

精霊と深く接し、肉体的にも近づいていったからなのか、俺の魔力はなかなか例を見ないところまで成長していたようだ。

そんなわけで最近は、生徒にはとくに知らされてはいないものの、学院の教師陣からの俺への注目度が跳ね上がっているのだった。


精霊の目を持つ人間は、数十年に一人、現れるかどうかというレベルだ。

前の人の記録は、あまり詳しいものがない。他国との戦時中でもあったし、その魔力量も極端に多いわけではなかったのか、特筆されていないのだ。そういう変化もある……という程度の記述だ。

だが、この変化が魔法使いにとって有用であることに変わりはない。

別に、成り上がってやろうなどという意識のない俺にとっては、これなら食いっぱぐれずにすみそうだな……くらいのものではあるけれど。

もちろん正直に言えば、学院に呼ばれた最初のころには、精霊の目を持っていることに興奮もした。思い上がりもあるだろうが、選ばれた側の人間になれたとも思った。

だが実際の学院生活では、そんな力だけがあっても面倒なことばかり多かった。

様々な勢力なり派閥なりが学院にはあって……そんな中で引っ張り合いをされるうちに、俺はなにもかもが面倒になってしまった。

学院は最高の研究機関であり、最高の教育機関であると同時に、それ故に世間とは隔てられている象牙の塔なのだ。そんな閉じた世界に、俺は性格的にも向いていなかった。

幸いにして、平民出の特待生は生徒内ではそこまで目立たないし、重要視されない。

これも、平和な時代の恩恵だろう。勢力争いもそこまでは殺伐としてはいないのだ。

だから今の学院は、精霊であるレリアとその契約者の俺にとって、街中よりもよっぽどのんびりと暮らせる理想的な環境だ。レリアはどうしたって、街では目立ってしまうことだろう。

そんな訳で、教師たちの視線で多少は窮屈になっても、それでも俺にとっての学院はまだまだありがたい。

もし退学して街に出てしまえば、レリアに注目する連中が何をするかも不安だ。学院内でなら教師たちからも保護されているので、そう強引な手段には出られない。

そして、そんなふうに見守ってくれつつも、最近とくに俺に興味を持っている教師が、付与魔術の有能な研究者でもあるフラヴィ先生なのだった。

俺はそんなフラヴィ先生に、毎日のように声をかけられるようになっている。

彼女の専門である魔道具の作成には、俺の魔力量が役に立つから、ということだった。

俺としても彼女の授業を選択しているから、多少の恩を売っておくのは悪いことじゃない。

俺ほどの魔力量は珍しいからということで、協力すれば普通にバイト代も出るという。

先生からのバイト代といえば、お気持ち程度のものだろうと思ったのだが、研究チームから出る経費だとかでかなりの額だった。

確かに魔石の作成は、費やせる魔力量で品質が大きく変わってくる。

少ない魔力量の魔石を複数使っても、魔道具はいちおう動作はするのだが、効率が悪かったり相性があったりして、安定性に欠けるのだ。

その点で、大きな力の魔石のほうが動力として理想的ではある。研究チームが必要とするような場合、不安定な要素は極力削りたいだろうし、動力の魔石を単一とすることで、ほぼ同じ条件で実験できるというのも重要そうだ。

とはいえ、人間の魔力には限界があり、その人の総魔力量以上の魔石はどうやっても作れない。

というわけで、俺のように魔力量だけずば抜けている人間というのは、需要があるのだった。

「今日もありがとうね、ラウルくん」

そう言ってフラヴィ先生が、笑みを浮かべる。

大人のお姉さん、といった感じの彼女は、胸元を大胆にあけたスーツ姿の美女だ。

そんな知的美女のお手伝い、というのも心ときめく状況ではある。

「実験に魔石はいくらでも必要だけど、質が良いものはなかなか確保できないからね……。私自身が、もっと魔力に溢れていたらよかったのだけれど……」

フラヴィ先生は魔道具研究の第一人者で、元々は帝国ではなく、隣にある公国の出身らしい。

研究環境が一番いいからと誘われて、国を越えてこの学院に引き抜かれたということだ。

それほどに有能で、すごい美人。授業は分かりやすく、評価も甘くて生徒に大人気。

男子からもとてもモテそうなのだが、彼女は意外にもそういうタイプではない。

というのも、先生としては甘く優しい彼女だが、本職である研究についてはややマッドで、実験内容も変態的だというのが広く知られているからだ。

今も、こうして実験の開始前の雑談では優しくて色っぽいお姉さんという感じで、とても魅力的なのだが、それも研究が始まるまでだった。

本来ならここは事務室であり、メインの研究室は隣だ。

しかし、そちらには院生などもいるため、フラヴィ先生は使わないらしい。結果として、俺もこの部屋で魔石を作ることになる。結果、「小さめの部屋に彼女とふたりきりだ。

「さて、それじゃ、今日もお願いね」

「はい」

そう言って俺が魔石作りに取りかかると、彼女も制作中の魔道具に向き直って、そちらへと取り組み始める。すると彼女はすぐに熱中状態になり、ぶつぶつと何かを呟きながら素早く手を動かしては、道具の調整を行っていった。

ついつい眺めていると、ときどきニヤリと笑ったり、無表情のまま早口で何かを言っている。その姿は、なまじ元が美人であるだけに不気味だ。このせいで、研究室に入れないのだろうか？

だがむしろ、それこそが彼女が一流だということなのだろう。

凡人にたやすく理解できるような者を才人とは呼ばない。たぶん。

俺はそんな彼女を観賞しつつ、俺は魔力を使って魔石を生み出していった。

専用の器具を使っての安定した術なので、失敗したりはしない。

ただ、自分の魔力を振り絞って魔石を生み出すため、終わると疲れてぐったりしてしまう。

魔力切れで魔法も使えなくなるので、実技を行う授業前にはできないのだった。

そうして今日もまたある程度の魔石を作ったのだが、いつものような疲れがなかった。

「……なるほど」

俺はひとりつぶやく。どうやらまた一段階、魔力量が上がったようだ。これまでの魔石作りと同じ量の消費では、余裕ができているらしい。

俺はリラックスした状態で、フラヴィ先生の意識がこちらへと戻ってくるのを待ったのだった。


「本当？」

休憩中に魔力の件を話すと、驚いた様子で先生が聞き返してくる。

これまでできさえ、なかなか用意できないレベルの大容量の魔石を作っている状態だ。

魔道具の研究者であるからこそ、その驚きもひときわ大きいのだろう。

「そんなに魔力量って伸びるモノなのかしら？　異常がないか、調べさせてもらってもいい？」

俺がうなずくと、彼女は研究室側にある簡素なベッドに俺を寝かせた。ほかの研究員や院生は、この時間になるとすでに帰宅しているので、気兼ねなく使えるのだ。

「それじゃ、調べていくね」

彼女は器具を手に取ると、俺の服をまくり上げて、お腹のあたりに当てる。

ひやりとした冷たさを感じていると、もう一方の手で俺の身体を撫でながら、様々な位置に器具を当てて反応を確かめているようだった。

それ自体はちゃんとした魔力量の調査なのだが、服をはだけさせられ、しなやかな指に身体を撫でられて、さらに前屈みになっている彼女の胸元が見えていると、別のシチュエーションにも思えてきてしまって戸惑う。なんだかちょっと、いい匂いまでしてきた。

「わぁ……」

そんな俺に対して、フラヴィ先生は驚きと興奮の入り交じった声を上げる。

「すごいよラウルくん……本当に魔力がいっぱい。魔石を作ったあとなのに……」

興奮気味にそう言いながら、俺のお腹や胸をこすってくる。

彼女は興味のあまりさらに近づいてきて、俺の身体をペタペタと触っていく。

「どうやったらこんなに潜在能力が伸びるんだろう……すごいなぁ……」

すっかり周りが見えなくなった彼女の身体が密着し、服越しとはいえ、おっぱいがぐいぐいと押しつけられている。

むにゅりと押しつけられて形状を変えるおっぱいが、服からこぼれ出しそうになっているのがわかる。密着することでさらに彼女の甘い匂いもして、俺も興奮してきてしまった。

「すごい……これはすごいね……」

細い指が、胸からおなかへとつーっと下っていく。

そしておへそのあたりまでいって、かなりきわどい位置取りをしてきた。

「あぁ……すっごい濃い魔力が、んっ……」

彼女の顔もなんだかとろけて、エロい感じになっている。

純粋に魔力に惹かれているのだろうが、大人のお姉さんにそんな表情をされ、身体をなで回されていては平静ではいられない。

「あふっ……♥　ん……。あっ、ご、ごめんなさい」

そこでハッとしたように、彼女が俺から慌てて離れる。

「ラウルくんの魔力がすごくて、つい……」

そして恥ずかしそうに顔を赤くして、ちらちらとこちらを伺っていた。

「ごめんね。べたべたさわったり、近づきすぎたりして……」

「いえ……」

俺が短く答えると、彼女はまだちらちらとこちらを見ていた。

そしてついに、わかりやすい膨らみを見つけてしまう。

「あっ、それ……」

「うっ……」

先生に勃起が見つかり、さすがに恥ずかしく思ってしまう。

「わ、私がべたべた触ってたせいだよね……。ご、ごめんね……」

それもあるが、おっぱいを押しつけられていたことも大きい。

と思うと同時に、無意識に視線が胸元へと向いてしまう。

すると彼女は、俺のそばにかがみ込んでくるのだった。

「そんなに大きくしたままじゃ、つらいよね……私が責任もって鎮めてあげるね……♥」

「うわっ……」

彼女はそう言うと、俺のズボンに手をかけてきたのだった。

驚きはもちろんあるものの、フラヴィ先生のような年上美女に迫られて、断れるはずもなかった。

「これ、私で大きくしてくれたんだよね……」

「あ、ああ……」

恥ずかしさを感じつつもうなずくと、彼女はほわっとした笑みを浮かべた。

「そうなんだ……ふふっ♥」

そしてその笑みを妖艶なものへ変えていき、自らの胸元を思いきりはだけさせる。

下着も外してしまい、きれいなおっぱいが現れたので、そちらへと注目してしまう。

「調べてる最中も、おっぱい当たっちゃってたもんね……。今も、いい目で見てくれてるし♪　ラウルくんはおっぱい好き？」

「も、もちろん……」

フラヴィ先生のおっぱいは大きく柔らかそうで、男なら惹かれてしまうのが当然だろう。

「そうなんだ♪」

彼女は嬉しそうに言うと、持ち上げるようにしてその胸を強調してくる。

たわわな果実がむにゅりとアピールされて、俺の目を惹きつける。

検査中に勃起したにもかかわらず、彼女は予想以上に乗り気だ。

その様子を見ていると性に奔放だというよりも、あまりモテていなかったから、異性との経験がないのかも……というような感じがしてくる。

研究熱心であり、若くして有名な研究者になってしまった彼女は、その優秀さゆえに距離を置かれていたのかもしれない。

いちばんの理由はまぁ、研究中に様子が不気味になるところとか……だろうけど。

遠目で見る分には人気な、残念美人タイプなのかもしれない。けれど、研究を離れてこうして色っぽい空気になると、そこにいるのは純粋にきれいなお姉さんなわけで。

「それじゃ、気持ちよくしてあげるわね」

そう言いながら、彼女の手が俺のものを大胆に握った。細い指が肉棒に絡みつく。

「わっ、すっごく熱くて、硬い……」

そう言いながら、彼女の手が異性の硬さを確かめるようにくにくにと動いてくる。

「私なんかで、こんなに硬くしてくれたんだ……♥」

嬉しそうに言いながら、彼女は手を動かし始めた。

「先っぽもいやらしく膨らんで……あ、でもここはちょっと柔らかいんだね」

「う、あぁ……」

指先が亀頭をいじり回し、その刺激に声を漏らしてしまう。

「男の子のここって、なんだか不思議だね……」

興味深そうに、先生は肉棒をいじっていく。

妖艶な美女でありながら、その不慣れな手つきがかえってエロい。彼女はそのまま、手を小刻みに動かしたり、肉棒全体を確かめるようになで回したりしてくるのだった。

「おちんちんって、こんなふうになってるんだ……」

好奇心を満たすように動かれるのも、変わった気持ちよさがある。

「これが女性に入っていって……ぬぷぬぷって……んっ……」

彼女は緩く肉棒をしごきながら、俺を見上げてきた。

「どう？　気持ちいいの？」

「はい。気持ちいいです、けど……」

彼女の手つきは優しすぎて、気持ちよくはあるけれど、まだ射精にはほど遠い感じだった。

これはこれで快感を楽しむことができるが、どちらかというと生殺しに近いくらいの低刺激だ。

そんな俺の様子を読み取った彼女はうなずいた。

「ちゃんと知識はあるから、先生に任せておいてね。おちんちん、もっと気持ちよくしてあげる。確かこうやって……れろっ」

「知識って……うあっ！」

彼女はぺろりと舌を出して、肉棒を舐め上げた。

突然の刺激に思わず声を漏らすと、先生はまた妖しい笑みを浮かべる。

「あっ、やっぱりこれ、気持ちいいんだ？　それじゃ、もっとぺろぺろしてあげるね……♥　ちろっ、ぺろろっ」

「あぁ……先生……」

「ふふっ♪」

彼女は舌を伸ばし、肉棒を舐めてくる。先端や裏筋にも舌を這わせて、べろりと刺激してきた。

やはり実経験はなさそうだが、興味は人一倍という感じだ。

「れろっ……いい反応♪　こうやっておちんちん舐められるの、やっぱり気持ちいいんだ？」

「はい……すごく気持ちいいです」

彼女はそのまま舌を使い、肉棒を濡らしていく。

いつもは教師である彼女のメスの顔は、俺を激しく興奮させていた。

「それじゃあ次は……あーむっ」

「うおっ……」

彼女はぱくりと肉棒を咥えてしまう。

整った顔立ちの彼女が、チンポをしゃぶっているのだ。

その光景はエロく、魅力的だった。

「あむっ、ちゅるっ……れろっ……んっ……」

片手で肉棒を握りながらしゃぶり、もう片方の手で髪を耳にかけていった。

その仕草もまた、とてもセクシーだ。大人の女性特有の魅力に溢れている。

「れろっ、ちゅぷっ、んっ……」

彼女はそのまま、肉棒を咥えて愛撫してくる。

「れろっ……ちゅっ……」

「うあぁ……」

フラヴィ先生の口淫に、思わず声が漏れる。

「あふっ、おちんちん大きくて、咥えるのって大変なんだね。ちゅぷっ……」

彼女は大きく口を開けて、チンポを頬張っている。

美女のそんな顔は、すごくそそるものがある。

「あふっ、ん、んぁ……」

そこで彼女は一度、肉棒を口から出した。

唾液でテラテラと光っているそれを、うっとりと眺めている。

「おちんちん、すっごくえっちな見た目になっちゃってる♥」

それはもちろん、先生の熱いフェラのせいだ。

言いながらこちらを見つめるフラヴィ先生は、すっかりエロいメスの顔をしていた。

普段は余裕ある大人の女性といった姿の先生のそんな表情は、非日常の極みでエロい。

「んっ……ちゅっ……♥　れろっ」

彼女は片手で肉竿を軽くしごきながら、再び先端のほうを舐めあげてくる。

「ぺろっ、ちゅ、あむっ……れろぉっ♥　……ふふっ、おちんちん、まだ我慢できる？」

授業中とはまったく違う、妖艶な大人の表情。

彼女は俺の反応を見ながら、いたずらするようにちろりと舌を伸ばしてくる。

「ぺろぉ♥　ちゅっ、れろっ……。大丈夫みたいだね。思ったより経験があるのかなぁ……ラウルくん？　それじゃあ、もう一度、あーむっ♪」

「うぁっ……」

彼女は大きく口を開けると、今度はもっと奥まで肉棒を咥えこんだ。

「んぶっ……ん、ちゅぶっ……んぅっ……」

そしてそのまま、頭を前後に動かして肉竿を刺激してくる。

「あぁ、フラヴィ先生、うぁっ……」

「じゅぶっ、じょぼっ……んむっ……」

激しく前後に動く度に、唇がきゅっきゅっと竿を扱いて刺激してくる。

さらには、柔らかな頬《ほほ》の粘膜も亀頭をこすってくるのだった。

「あふっ、ん、むぅっ……こうするのが、気持ちいいんだよね？　おちんちん、じゅぼじゅぼって、んむっ、れろっ」

「あ、ああ……」

彼女の大胆なフェラに俺はうなずいた。すると先生は、そのまま勢いを速めてくる。

「じゅぶっ……ん、れろっ……それじゃ、このまますするね？　おちんちん気持ちよかったら、ちゅぷっ……いつでらひていいかあね？」

「う、あぁ……咥えながらしゃべられるとっ……」

肉棒を口内で往復させ、ろれつの回っていない言葉で言いながら、フラヴィ先生がフェラを続けていく。唇の強い圧迫と、その奥で頬や上顎がこすれる気持ちよさ、そして蠢く舌先によって、俺は限界へと高められていく。

「ちゅぶっ……れろっ、ちゅぅっ、ちろっ……」

彼女は勢いを増しながら、頭を動かしていく。揺れる髪や汗ばむ胸元からは、メスのフェロモンが立ちのぼってきた。

「ちゅぼっ……んむっ……ちゅぅっ……ちゅぱっ」

エロいフェラ顔で、教え子の肉棒をしごいていくフラヴィ先生はとても淫らだ。

その気持ちよさに、精液が駆け上ってくるのを感じた。

「う、あぁ……そろそろっ、ぐっ……」

「れそうなの？　んむっ、ちゅぅっ♥　いいよ、そのまま、じゅぼっ、らひてっ……♥　ちゅくっ、じゅぶぶっ！」

「あ、ぐっ……」

俺はこみ上げる射精感に流されて、腰を突き出した。

「んぶっ!?　んむ、じゅぶっ、じゅるるっ♥」

急に喉奥を突かれて驚いたようなフラヴィ先生だったが、すぐに肉竿を飲み込み、むしろ吸い上げてきた。

「じゅぶっ、じょぼっ、ちゅぼっ……。んむっ……れろっ、ちゅぅぅぅっ！　れろっ、しゅぼっ、じゅぶぶぶっ！」

「ああ、出るっ……！」

びゅるるっ、びゅく、びゅるるるるっ！

俺は彼女の口内で、勢いよく射精した。なるべく我慢していたので、解放感がはんぱない。

「んむっ、ちゅっ、んくっ！　んんっ……んぐ」

勢いよく飛び出した精液が、彼女の口内を満たしていく。

「ちゅっ、ん、んっ、んくっ、ごっくん♪　あふっ……精液って、すっごく濃くてドロドロなんだね……♥　んむ、ちゅぅっ……」

「うぁ、今は、うっ……」

射精直後の肉棒を吸われて、俺はその刺激に声を漏らす。

「あふっ、すごかったね……♥　男の子の射精って」

彼女はうっとりと言いながら、肉棒を口元から離した。

「どう？　これですっきりできた？」

「ええ。ありがとうございます」

俺は答えながら、じっと彼女を見る。満足そうなフラヴィ先生は、研究者の顔に戻りつつあった。

「よかった。ラウルくんにはいろいろ手伝ってもらってるし。気持ちよくなってくれたなら、嬉しいな。これからも、またよろしくね？」

「ええ……わかりました」

俺はうなずきつつ、また……こういうことをしてくれるのだろうかと期待を抱いたのだった。

●

「ラウル、今日も、ね？」

夜、部屋でのんびりとしていると、お風呂上がりのレリアがバスタオルを巻いただけの姿で誘ってきた。肌を重ねてからのレリアは、こうして夜に色っぽく誘ってくることもあった。

俺としては、もちろん大歓迎だ。

バスタオル姿の彼女はいつもより無防備で、髪をほどいているのもまた普段と違う感じを印象づけている。俺にだけ見せる姿なんだという特別感もあった。

そしてもちろん、そういったものを抜きにしても、バスタオルを押し上げる大きなおっぱいや、そのせいで裾《すそ》が短くきわどい腿のあたりは、純粋にエロい。

お風呂上がりで上気した肌はほのかに桜色で、湯気を立ち上らせている。

乾ききっていない濡れた姿と、石けんのいい匂いが俺の心をくすぐってくる。

そんな魅惑の彼女に誘われて、飛びつかないはずがなかった。

俺はすぐに、彼女をベッドへと押し倒した。

「あんっ♥」

嬉しそうに悶えた彼女が、期待に満ちた目で見上げてくる。

「レリア……」

俺はそんな彼女に、軽くキスをした。

柔らかな唇の感触。わずかに漏れる彼女の吐息。

魅力的な美少女が、俺を求めてくれている。

「ん、ラウルぅ……」

俺は彼女の頬を撫でて、そのまま首筋をなぞっていく。

レリアはくすぐったそうな声を出して、軽く身体を動かした。そのまま鎖骨のあたりまでをゆっくりと撫でていく。

「あぅっ……」

さわさわと鎖骨に触れながら下り、胸元を覆うバスタオルへと行き着く。

そのタオルへと、そっと指をかけた。レリアは何も言わず、じっと俺を見つめている。

「んっ……」

軽く指に力を入れて、タオルを広げていく。

ぷるんっと柔らかそうに揺れながら現れるおっぱいに、まず目を奪われた。

そして次に見えてくる、きゅっとしたくびれと、かわいいおへそ。

「あぅっ……そんなにじっと見られると、恥ずかしいよ……」

レリアはそう言いながら、身体をよじって隠そうとする。

大切なところも、足を組むようにして隠してしまった。

けれどこうして見ると、レリアはやはりとてもきれいで、そしてエロい身体だ。

俺はまずは焦らすように、脇腹のあたりに触れていった。

「あんっ、くすぐったいよ……」

美少女精霊のなめらかな肌を楽しみながら、お腹のあたりを撫でていく。

「ん、ふぅっ……」

直接的な性感帯ではないものの、裸だということもあり感じるのか、彼女は色っぽい声を漏らしていく。そしてお腹のついでに、おへそのあたりも指先でいじってみた。

「あっ、あぅっ……」

すると、少しくすぐったそうに身を揺する。そんな姿もエロくてそそる感じだ。

レリアの様々な姿を楽しみながら、その魅力的な身体を撫でていった。

そしていよいよ、より直接的な部分に触れていくことにする。

「ん、あんっ♥」

まずは仰向けでも存在を主張している、大きなおっぱいだ。

「あふっ、んっ……」

両手で触れると、最高の柔らかさが俺の手を迎えてくれる。

「ん、あぅっ……」

そのまま、むにゅむにゅと揉んでいく。

お風呂上がりで少し火照っている身体はしっとりしていて、いつも以上にエロい。

顔も少し赤らんでおり、それがセクシーさを増していた。

「んぁ、ラウル、んっ……」

乳房に指が沈み込み、溢れた乳肉が指の隙間からいやらしく出てくる。

大きく柔らかなおっぱいを、存分に楽しんでいく。

「あんっ、ん、あぁ……」

レリアは艶めかしい吐息を漏らしながら、俺を切なそうに見上げてくる。

バスタオルをすべて剥がされ、生まれたままの姿のレリア。

その姿を眺めながら、たわわなおっぱいを堪能していく。

「ん、ふぅっ、そんなに、おっぱいばかり……あんっ♥」

「他のところも触ってほしいってこと？」

そう尋ねながら、俺は視線を下へとおろしていく。

「やんっ……」

俺の視線に気づいた彼女は、恥ずかしがりながら足を組むようにして、再び大切なところを隠してしまう。その仕草にそそられて、強引に攻めたい気持ちもあるが、このままゆっくりと楽しむのも悪くない。俺は閉じられた彼女の秘所を解放するため、まずはじっくりとこのままおっぱいを責めていくことにした。

「あっ、ん、ふぅっ、んぁ……」

むにゅむにゅとおっぱいを揉まれ続け、レリアの声がどんどん色づいていく。

そして興奮で立ち上がってきた乳首を、指先でつまんだ。

「あんぁっ♥　あっ、ラウル、んっ……！」

そのままくりくりと乳首をいじっていく。

レリアは敏感に反応して、身体を軽く跳ねさせる。その動きで胸が弾むのがまたエロい。

「やぁ、乳首、そんなに、んぁっ♥」

「やっぱり、ここは敏感なんだな」

「あぅっ……ん、あぁっ……」

レリアの反応を楽しみながら乳首をいじっていく。

そうしているうちに、快楽に流されて彼女のガードも緩くなってきた。

俺は身体を下へと滑らせて、その足を広げさせていく。

「んっ……♥」

彼女は小さく声をあげるだけで抵抗せず、その秘められた場所があらわになっていった。

一本筋の割れ目からは、けれどもう愛液が溢れている。

そしてその恥丘に触れると、ぴくんっとレリアが反応した。

「あぅっ、んっ……」

そのままくぱぁっと割れ目を押し広げると、はしたないよだれをこぼしながらひくつく中の襞《ひだ》が見えた。すっかりメスの匂いをさせているそこに、俺は吸い寄せられていく。

ぷっくりと充血していたクリトリスも、すでに濡れてぬらぬらと光っていた。

「ここが、触ってほしそうだな」

そう言って、指先で軽く淫芽を撫でる。

「んはぁっ♥　あっ、そこは、敏感だから、んぅっ！」

陰核に触れられると、レリアは素直な反応をした。

女の子の身体でもっとも敏感な、感じるためだけの器官。

「んはっ♥　あっ、んぅっ……」

そこをじっくりと責めていく。

「あうっ、ん、あぁ……ラウル、んぁっ！」

レリアの嬌声を聞きながら、欲しがりな淫芽をいじる。

「あっ、やっ、そんなに、んぅっ……」

そのまま指で責めてもよかったが、敏感な場所をより大胆に愛撫できるように、俺は彼女の足を大きく開かせて顔を近づけていく。

「んぁっ……♥　わたしのアソコ、そんなにじっくり見ちゃだめぇ……♥　あぅっ、あぁっ……」

大股開きでのぞき込まれるのはさすがに恥ずかしいのか、レリアが足を閉じようとする。

しかし俺はしっかりと内ももをつかみ、足を開いたままにさせた。

そして顔を近づけ、彼女のおまんこへと舌を伸ばす。

「んはっ♥　あ、だめぇっ……！」

むわりと香るメスのフェロモンが俺を興奮させていく。愛液で濡れた淫靡な花弁へとそっとキスすると、彼女は恥ずかしさと気持ちよさに反応していった。

「あぅっ、だめぇっ……ん、あぁ……」

そのまま彼女の割れ目を舐め上げていく。

「あうっ、ん、はぁ、んぁっ……♥　そこ、おまんこ、そんなにぺろぺろしちゃだめだよぉ……♥」

俺の頭へと手を伸ばして、押さえようとする。

けれどその手に、さほど力はこもっていない。俺はそのまま、レリアの膣内へと舌を忍ばせる。

「あうっ、んぁ、舌が、中に、あぁっ♥」

襞を舌で愛撫しながらも、膣口に軽く出入りさせる。

「んはっ♥　あっ、あぁ……」

肉竿ほどの迫力はないものの、その分、細やかな動きができる。

襞に舌を這わせ、溢れてくる愛液をすすった。

「んはぁっ♥　あ、だめぇっ♥　ラウル、んぁ、そんな、ああっ！」

レリアは嬌声をあげ、手に少し力がこもる。

けれど俺を引き剥がそうとはせず、快楽に身もだえていた。

「あふっ、あっ、ああっ……♥」

舌を小刻みに出し入れしながら、膣襞も忘れずに愛撫していく。

それから満を持して、クリトリスへと舌を押し当てていった。

「んくぅっ♥　んんー♥」

淫芽を舌粘膜で刺激され、レリアが悲鳴を上げる。

それでも俺はそのまま、クリトリスを舐めて刺激していった。

「あふっ♥　あっ、んはぁっ！　そこ、あっ、ぺろぺろするのぉっ、だめぇっ……！　んはっ、あっ、あああっ♥」

敏感な淫芽を責められ、ますます嬌声を上げていく。

俺はそのまま舌を動かし、クリトリスを刺激していった。

「ひぁっ♥　あっ、だめぇっ……。クリ、そんなにされたらっ♥　あっ、イクッ！　イっちゃう！」

レリアが激しく喘ぎ、けれど言葉とは裏腹に、さらなる刺激をねだるかのように俺の顔を自らの秘所へと押しつけていく。

「んむっ……」

おまんこに口を塞がれながら、俺は愛液を舐めとり、クリトリスを最後まで責めていった。

「あふっ♥　んぁ、ああっ！　もう、だめっ……♥　あっあっ♥　イクイクッ！　んくううぅっ！」

レリアは身体を大きく跳ねさせながら絶頂した。

潮のように愛液が溢れて、俺の顔をマーキングしていく。

「あぅっ、あぁ……♥」

うっとりと声を漏らし、レリアは余韻に浸っていた。

俺は秘裂から顔を離して愛液も拭うと、もう抑えきれないほどに猛っている肉棒を取り出した。

「あっ……♥」

それを見たレリアが、目を輝かせる。

「ラウルのおちんちん、すっごく大きくなってる……♥」

「ああ。レリアのエロい姿を見て、興奮したからな」

俺はそのまま彼女に覆い被さると、剛直をイったばかりのおまんこへとあてがった。

「あふっ、ん、あぁ……♥」

そしてゆっくりと腰を突き出し、肉棒を蜜壷へと沈めていく。

「あふっ……♥ ん、あぁ……おちんちん、入ってきてる……♥」

熱くうねるおまんこに、肉棒が飲み込まれていく。

膣襞は先ほど絶頂したばかりだというのに、嬉しそうに肉棒に絡みついてきた。

俺はそのうごめきを感じながら、腰を動かしていく。

「あっ♥ ん、あふっ、あぁ……」

ゆっくりと往復していくと、彼女からエロい声が漏れてくる。

俺はピストンをしながら、そんな色っぽいレリアを眺めた。

「あっ、んはっ、ああっ……!」

抽送に合わせて身体が揺れて、大きなおっぱいもリズミカルに揺れていく。

その振動を見るといつも、彼女と繋がってセックスしているんだという実感が溢れてくる。

感じているレリアの表情もすっかり蕩《とろ》けて、女の顔になった彼女はとてもエロい。

「あぁっ♥　ん、あふっ、ん、あぁっ……！」

おまんこがきゅっと締まり、肉棒を隙間なくしごいてくる。

「あうっ、すごいの……おちんちん、わたしの中をいっぱい、あぁっ♥」

「うっ、レリアの中だって、今日はすごく締めつけてくるな」

俺がピストンを行いながら言うと、彼女はこちらを見上げながら言った。

「ラウルのおちんちんが、わたしの中、いっぱい広げてるんだよっ……！　ここは自分のだって言ってるみたい！　太いのが、ズブっ、ズブって♥　あっ、んぁっ！」

そう言うレリアの膣内もうねるように動き、肉棒を根元から先端まで刺激してくる。

密集する襞が肉竿に絡みつき、いよいよ精液を求めてくる。

「あぁっ♥　もっと、いっぱい、んはぁっ……ラウルがほしいよぉ！」

「レリア、うっ……。そんなに急に締められると、俺も……」

射精欲が唐突に増してくるのがわかる。

貪欲なおまんこに締め上げられて、精液がすぐにでも発射してしまいそうだった。

「んはぁあぁっ、あっ、あああっ！　ラウル、んぁ、あうっ！」

嬌声が高まっていくのに合わせ、美少女の秘穴はさらに精液をねだってくるかのようだった。

「あぁっ、すごい、んぁ、ああっ、あっ……また、イクッ……イっちゃうっ♥」

「ぐっ、ああ、好きなだけイってくれ」

そう言いながら腰を動かしていくが、こちらももう限界だ。

蠕動する膣襞がペニスをむさぼって、その気持ちよさに逆らうことなく俺は腰を振っていった。

「あっあっ♥　だめっ、もう、あっ、ああっ……！」

「ぐっ、レリア……」

激しく腰を振り、熱い蜜壷をかき回していく。

「んはっ♥　あっ、ああっ！　もう、あ、ああっ……！」

ピストンの度にじゅぶじゅぶと、たっぷりの愛液が掻き出されていく。

大きく揺れるおっぱいと、レリアの表情もエロい。

「ああっ！　イクッ、もう、あっ、あう、んくっ！」

蠢動するおまんこをしっかりと奥まで突き込み、互いを限界まで高めていった。

「んはぁぁあっ！　あ、もう、だめっ、んぁっ♥　イクッ、んぁ、あぅっ♥　あっあっ♥　イックウウゥウウゥッ！」

「ぐっ、でるっ……！」

どびゅっ、びゅくくくっ！

俺は絶頂する穴の最奥、レリアの子宮口へと向けて精液を放っていった。

「んはぁあぁっ！　あ、熱いのが、お腹の中に出てるぅっ……♥」

「うっ、ちょっ、そんなに絞られると……！」

膣内がぎゅっと収縮して、射精中の肉棒を絞り上げてくる。

精液を余さず吐き出させようというその襞に誘われるまま、俺はたっぷりと射精していた。

「あぁ……♥　すごい、ん、いっぱい、あぅっ……」

うっとりと言う彼女から、出し切った肉棒を引き抜いていく。

「あぁ……まだだめぇ……あん」

抜けたことに少し残念がる様子の彼女を、そのまま抱きしめる。

「んっ……うん♥」

そのままこちらの背にも手を回し、抱きついてくるレリア。

行為後の汗ばんだ身体からは、石けんの匂いと、彼女の濃いフェロモンが漂っていた。

「ラウル、んっ……」

ぎゅっとこちらを抱きしめてくるレリアに、愛おしさを感じる。

幸せな感覚に包まれながら、夜更けまでじっと彼女と抱き合っていたのだった。

●

フラヴィ先生の研究に協力を続けている中で、魔力を大量消費していたこともあってか、俺の魔力量はさらに伸びていた。

なるべく限界まで使って訓練すれば伸びる、というのは一般的にも言えることではあるのでおかしくはないのだが、いまやその魔力量は、この学院の教師も含めてトップというほどだった。

まあ、まだまだ様々なことを総合すれば、生徒内の最優秀者が侯爵家のベルナデット嬢だというのは揺るがない。魔力量だけのことなので、魔法技術が優秀なわけではないし、生徒の間だと俺は今でもそれほど尊敬はされていない。

精霊の存在がすごいものだとは、みんなも知ってはいるものの、その価値は未知数なわけで。

貴族階級の生徒たちにとっては、やはり家柄だとか、他の部分のほうが魅力を感じやすいということもあるだろう。

実際、彼らが大人になったときに重要なのは、魔術師としての有能さではないしな。

他に大切なことはいくらでもある。

というわけで研究者気質の先生たちほどには、今でも生徒は、精霊の目に対して特別な価値を感じているわけではないのだった。俺にとってはそれもまた過ごしやすく、悪くない話だ。

注目されるのは、レリアだけでも充分だろう。俺はそういうのは遠慮したい性格だ。

ともあれ、そんな中でのびのびと過ごしていた俺だが、フラヴィ先生の研究に協力していることで、彼女との仲も深まっていた。


「本当に、助かってるよ」

研究を終えた後、今日の俺は彼女の部屋で、一緒にお茶を飲んでいた。

最近は魔石の精製を行った後に、こうして過ごすことも増えている。

この学院は設備や教育レベルは高いが、そのせいか、どうにも研究機関としての色合いが強い。

普通の学校っぽさとか、教師と生徒の距離感や関係性というものに乏しいのだ。

特にフラヴィはそうだった。

優秀な研究者として外国から呼ばれているので、教師をしているのは余技だ。

そのこともあり、いわゆる先生意識が薄いタイプだった。

教職がメインで雇われている先生の中にはもちろん、ぴしりとした人も多い。

だが、その辺の人材の幅広さも、この学院が過ごしやすい一因なのだろう。変わり者でも、特別目立ったりはしない。

だから部屋でくつろぐ今の彼女は、先生ではなく、ただのお姉さんという感じだ。

実際にもう「先生」ではなく、ふたりのときは呼び捨てでいいとまで、今日は言われてしまった。

それぐらい、フラヴィとの仲は親密になっているのだ。

そんな彼女とのんびりしていると、当然、この前のことも意識してしまうわけで。

「ん？　どうしたの、ラウルくん？」

そう尋ねてきた彼女も、少し顔が赤く、なにかを期待しているようだった。

彼女は立ち上がり、飲み終えたカップを流し台のほうへと持って行く。

俺はそんなフラヴィを、後ろから抱きしめてみた。

「あんっ……もう……」

まんざらでもなさそうに言って、おとなしく俺に抱きしめられている。

俺は彼女の首筋に軽くキスをした。

「やんっ、くすぐったいよ……」

そう言いながらも軽く身体を動かすだけで、逃げようとはしない。

むしろその動きは、この先を待っているかのようだ。

俺は背中から、彼女の乳房へと手を回していく。

そして元々大きく開いている服の胸元を、さらにはだけさせてしまう。

ぷるんっ、と柔らかく揺れながら出てくるおっぱい。

それを後ろからわしづかみにし、むにゅむにゅと揉んでいく。

「あんっ、もう、こんなところで、んっ……」

戸惑いながらも、お尻を俺の身体にこすりつけてくるフラヴィ。

柔らかなおっぱいを揉みしだいていると、彼女のお尻が俺の股間を的確にこすり上げてくる。

「ん、ラウルくんのおちんちん、大きくなってきてるね……♥　私のお尻に硬いのが当たっちゃってるわよ？」

そう言って、笑顔で柔らかな尻肉を押しつける。これ以上ないお誘いだ。

「ほら、ズボンの中で苦しそう。ん、しょ」

彼女は手を後ろに回すと、ズボン越しに俺の肉棒をつかんできた。

そしてもう片方の手を侵入させて、肉竿をズボンから取り出していく。

「あぁ、もうこんなに熱くなって……ほら……」

そう言って、後ろ手に確かめるように握ってきた。

「んぁ、あうっ……♥」

俺はお返しにおっぱいを揉みながら、また首筋に口づけした。うなじのエロさがたまらない。

「あん、あぅっ……ね、ラウルくん……ベッド、いきましょう？」

我慢できない、というふうでフラヴィが声をかけてくる。

「そうですね……」

答えて、そのままフラヴィのベッドへと向かう。女性の部屋にいるだけでも興奮するのに、毎日使っているだろうベッド見て、我慢できなくなる。俺は着くなり、彼女を押し倒した。

「ん、もうっ、ラウルくんたら……」

彼女はこちらに背中を向けると、そのお尻を突き出してくる。

肉棒で突き刺してくれとでもいうかのように、差し出されたお尻。スカートがめくれて、内側が見えてしまっている。いよいよ今日は、この身体を味わうことができるようだ。

彼女も充分に期待しているようで、下着はもう、一部が濡れて変色していた。

「フラヴィのここ、待ちきれないって感じだ」

俺はその濡れた割れ目を下着越しになで上げた。

「あんっ♥」

彼女は色っぽい声を漏らして、さらに愛液を溢れさせた。

「ラウルくんだって、もうおちんちんガチガチだったじゃない」

「そうだね。ほら……」

「んぁっ……あぁ……♥」

俺は先ほど彼女に露出させられた肉棒を、濡れた下着へと押し当てる。

そしてそのままぐりぐりと、愛液の染みで位置が丸見えの割れ目に押しつけていった。

「あんっ、おちんちん、パンツごしにぐいぐい当たってる……♥」

彼女はもどかしそうに言って、お尻をふりふりと振り始めた。

年上なのにおねだりするエロい仕草に、俺も我慢できなくなってくる。

「それじゃ、挿れるよ」

俺はフラヴィの真っ白な下着をずらし、濡れた秘裂へと生の肉棒をあてがった。

「あっ♥　んっ……」

直《じか》の接触となればもう、彼女の温かさや興奮のぬめりを感じることができる。

そのまま潤んだ雌穴へと腰を押し進めると、ぬぷり、と肉棒が呑み込まれていった。

「あうっ、ん、あぁ……♥　ラウルくんが……おちんちんが、入ってきてるよ……」

バックの姿勢で、フラヴィの清楚な秘穴を貫いていく。

ピンクのそこは経験はなさそうだが、俺を受け入れることは問題ないらしい。

ぬるりと濡れた膣道に締められているだけでも、キツくて最高に気持ちがいい。

「んっ、ちょっと、くすぐったい……」

少しでも緊張を解そうと、スカートに手を入れてすべすべのお尻を撫でると、彼女がわずかに身じろぎをした。

その動きと同時に、膣襞が肉棒をきゅっと締めてくる。

「……あっ……ん。これが……セックス……ラウルくんとしちゃった……」

フラヴィが悶える。美人のお姉さんと繋がるあまりの気持ちよさで、俺の欲望もどんどん突き動かされていく。

「それなら……」

くすぐったいというなら、余裕はありそうだ。俺はもっと快楽を得るため、フラヴィのお尻をしっかりと掴んで腰を動かしていった。

「んぁっ、ふぅ、ん、あぁぁっ……！」

緩やかなピストンに反応して、膣道が少しずつ蠕動する。

そのフラヴィの初々しい反応を楽しみながら、さらに抽送を行っていった。

「あうっ、ん、あぁっ……♥　そんなとこまで♥」

さらに奥を突かれて、フラヴィが艶めかしい声を上げる。

バックの姿勢で貫かれながら、こちらを振り返る。

その表情はとてもセクシーで、俺の欲望はさらに増していった。

「あふっ、んぁ、あぁっ……うしろから、んぁっ♥　ズンズン突かれて、んぁっ……！」

そのまま腰を振り、ピストンを行っていく。

彼女の膣内をかき回し、往復して味わっていく。

「んぁっ、あっ、あうっ……そんなに、ん、んぅっ……♥」

「く、あぁ……」

反撃する膣襞の蠕動に俺も高められていき、興奮のまま腰を振っていった。

「あぁっ、ラウルくんっ、そこ、んぁ、ああっ……！」

膣襞をかき分け、しっかりと奥まで突いていくと、気持ちいいところが分かってきたようだ。

「あうっ、おちんちんに、私の中、いっぱい気持ち良くされちゃうっ……♥　知らない……こんなの、全部知らないよぉ……あっ、ん、ふぅっ！」

美女の艶めかしい嬌声を聞きながら、そのお尻を揉んでいく。

「あっ、やんっ、んぅっ♥」

柔らかでありつつ、ハリのあるお尻。スーツ姿でも、とくに魅力的な場所だ。

そこから腿のあたりへと手を滑らせていった。

「あふっ、んぁ、あうっ……♥」

秘部を突かれながらなで回されて、彼女の甘い声が漏れてくる。

知的な彼女をこうして後ろから犯していくのは、野性的で興奮する。

「あふっ♥　んぁ、ああっ……ラウルくん、あうっ、あっ。んぁっ！」

その興奮はピストンの速度にも影響し、フラヴィがますます乱れていった。

「あふっ、んぁ、イっちゃう♥　あっ、んぁ……」

「そのままイっていいよ……教え子にお尻を突かれて、イっちゃえ！　フラヴィ！」

「んくぅぅっ♥　あ、だめぇっ……！　おまんこ、そんなにずぶずぶされたらぁっ♥　んぁ、あっ、イクッ！　んぁっ♥」

蠕動する膣襞を何度も繰り返し突きながら、俺はラストスパートをかけていく。

「んくぅっ！　あっ、んぁっ！　ああっ！　だめ、だめぇっ♥　あっあっ♥　イクッ、あっ♥　ラウルくんにイかされちゃう！　ん、イッ、クウウゥゥゥゥッ！」

「う、おぉっ……」

フラヴィの絶頂とともに膣内がきゅっと収縮して、肉棒を絞り上げてくる。

俺は抱きつく膣襞をかき分け、欲望を吐き出すべき場所を求めて最奥まで貫いていった。

「んはぁぁあっ♥　あっ、だめっ、あぁっ……イってるのに、そんなにかきまわされたらぁっ♥　んぁ、ああっ！」

彼女は存分に乱れている。

俺のほうも射精が近いのを感じ、そのまま彼女の絶頂おまんこにピストンを行っていく。

「あふっ、んぁ、あっ、ああ♥　気持ちよすぎて、んぁ、あうっ……！」

「ぐっ、でるっ！」

俺は腰を突き出して、暴れるお尻をぎゅっと押さえ込みつつ、フラヴィのもっとも深い場所で射精した。

「んはぁぁあっ♥　あっ、熱いの、びゅくびゅく出てるっ……！　あっ♥　ん、あうっ！　くううううぅっ！」

彼女は精液を受け止めて震え、さらに軽くイったようだった。

「あふっ、ん、あぁ……♥」

俺はしっかりとその膣内へと精液を注ぎ込み、自分を刻み込んでから肉棒を引き抜く。

「あぅっ……♥　お腹の中、ラウルくんのせーえきで、いっぱいになっちゃってる……」

ベッドに倒れ込むようにしながら、彼女はこちらを振り返った。

快楽でとろけたその表情はとてもエロい。俺はそんな彼女の隣へと倒れ込む。

「もう……先生にこんなに出して……。でも、それだけ気持ちよくなってくれたんだね♥」

「ほんとに、すごくよかった」

俺が答えると、彼女はこちらへと抱きついてきた。

「そうなんだ♪」

そう言いながら、彼女は俺の胸に顔を埋め、甘えるようにしてくる。

いつもは先生で大人の女性なフラヴィだったが、俺にはこうして、かわいい女の子な一面を見せてくれるようだ。

俺も彼女の頭を撫でながら、ぎゅっと抱きしめたのだった。

# 第三章　ベルナデットとダンジョン研修

学院の生徒の中にも、冒険者志望はいる。

物好きにもモンスターと戦いたいとか、宝探しがしたいというわけだ。まあ、平民組の生徒は卒業すればなにかしら自分で稼がなくてはいけないし、仕方ないというのもあるだろう。

そういった者たちは、長引くクエストも含めた様々な環境に対応するために日々努力している。消費魔力の少ない術から、規模の大きい範囲攻撃までの色々な魔法を覚え、自分の特性に合ったものを授業でもチョイスしていく。

授業が進むにつれどんどん優秀になって、帝国の即戦力となるタイプだ。

一方で、貴族組や研究者志望の生徒は基本的に、自身の魔力量が多ければ好んで派手なものを、少なければ初級のものばかりをたくさん習得する傾向にある。

それは、とくに戦闘の必要性のない彼らにとっては、魔法使いとしての自らの力量を示すことだけが目的だからだ。なので、彼らは成績は優秀でもちょっと偏った能力を持っている。

では俺のようなタイプはというと、最近はあまりに魔力量が増えすぎたため、それに合わせると無駄に広範囲高威力な魔法を教師から勧められてしまうので、気にしないようにしている。

そんなの必要ないしな。普通の魔法使いを目指そうと思う。

ともあれ、そんな生徒たちの中でも、見た目の麗しさも魔法威力も一番派手なのが、学院の主席にして貴族令嬢、魔法使いとしてもすでに一線級という優等生、ベルナデット嬢だ。

当然、普段から羨望の視線を集めている彼女だが、今日はひときわ注目を浴びている。

というのも、ダンジョンへ向かうという実戦課題が行われるからだ。冒険者志望の生徒すら軽々としのぐという彼女の実力は、いかほどのものかと皆が期待していた。

「ベルナデットさん、いよいよダンジョン実習ですね」

「そうですわね」

取り巻きに囲まれながら、彼女はすまして答えている。その様子からは緊張は伺えない。

侯爵令嬢、ベルナデット・ペナスー。

家柄も実力もトップクラスの彼女は、そのぶん周囲に距離感が見られるものの、決してそれだけではないということに、最近の俺は気づいていた。

彼女は特級の貴族組でありながら、他の貴族たちをあまり尊重しているようには見えない。

日頃の取り巻き以外にも多くの貴族組たちが、侯爵の娘であり最優等生な彼女の周りに集まってきている。貴族内での人脈作りということを考えればそれもまあ納得の状況なのだが、そういう輩に対して彼女は結構冷たい。

まあ、群がる側はメリットがあるものの、彼女からすれば家格も学力も下となれば、無理して付き合う利益がないからな。

そんなふうに思っていたのだが、彼女が平民側の生徒をことさら軽く扱うということもなかった。

貴族たちには、「ただ実力があるだけ」の平民は特別ではない。どれだけ優秀でも、学園を出れば別世界のものだと軽んじる者が多い。だが、ベルナデットにはそんな様子は見られなかった。

もちろんなかには、見下されるようで怖い人だ、という意見もあるにはあるのだが……。

俺にはむしろ、彼女は実力や学問への姿勢を重んじているようにも見える。

家柄がよくても、箔付けのためだけにここへきて、貴族同士でだべることしかしないタイプの者には冷淡だ。反対に家柄がそうでもなくても、優れた部分のある者からはそれを学ぼうという姿勢さえある。

それになにより、頑張っている人にも優しい面があるみたいだ。まあ、相手のほうが萎縮してしまって、怖がられてしまうことも多いようだけど……。

本来ならまったく接点のないベルナデットについて、俺がこんなふうに詳しくなっているのは最近のことだ。その理由は、彼女自身が俺に目をつけているからだった。

そして今も、俺の元にお嬢様がわざわざやってきて声をかけてくる。

「ラウル、このダンジョン実習であなたの実力が見られるのを、楽しみにしていますわ」

「ああ……まあ、俺自身はたいしたことないけどな」

精霊の目、というのは彼女にとっては高い評価ポイントらしく、以前から俺に対しては刺々《とげとげ》しい態度をとってはこない。

だが、生まれ持った貴族オーラとするどい目つきの美人という容姿、そしてお嬢様言葉はどうしても攻撃的に思えてしまう。

そのせいで最初は普通に、俺も嫌われてると思っていたしな。

特に俺は、レリアと契約しているというだけで魔力量を上げているから、元々の一番だった彼女をついに抜いてしまったし……。

けれどどうやら、そんなことは気にする様子もないようだ。むしろ彼女は、一部分とはいえ自分よりも勝っている俺を興味深く思っているらしい……というのが、接する内にわかってきていた。

そんなわけで、俺の中での彼女の評価も上がっていたのだが、とはいえ高嶺の花であることに変わりはない。興味を持ってくれているというだけでは、そう接点が増えるものでもないのだった。

そんな彼女を少し話してから見送ると、今度はレリアが寄ってくる。

「ダンジョンって、わたしも行ったことないし、楽しみだね」

「ああ。そうだな。俺もちょっと期待してるよ」

俺はどちらかというと、冒険者よりは研究者や魔道具生産者になるルートなので、ダンジョンなどとは縁が少ないと思う。

冒険者志望が多い学校だとダンジョン実習も当然増えるのだが、ここは貴族が多いしな。

魔法使いの経験値として少しは必要でもありつつも、あまり彼らを危険にさらさないよう、授業も少なめになっているのだった。

そのためか、準備期間も長めにとられており、しっかりと座学を学んでからのダンジョン実習となっている。

クラス内の雰囲気も、遠足気分の者と緊張している者とに分かれていて、ちょっと面白い。

そんなふうにして、いよいよダンジョン実習が行われるのだった。

●

今日の実習の手順としては、最初は全員でダンジョンへと入っていき、途中から何グループかに分かれるということになっていた。

危険度がかなり低い、初心者向けとして定番の場所とはいえ、一応は本物のダンジョンだ。

そのため、引率の教師や先輩冒険者も多めについており、慣れない先生などはだいぶ緊張しているようだった。

まあ、この中にはベルナデットをはじめ、上位の貴族子女たちもいるわけだし。

学院の正式な授業とはいえ、万が一にも彼女たちになにかあったら大事《おおごと》だろう。

その反面、生徒たちの中には気楽な者も多い。

実力的にも問題ないレベルだから、というのもあるが、やはり遠足気分なのだろうな。

「ラウル、楽しみだね♪」

そんな俺の隣で、誰よりも遠足気分なレリアが楽しそうに言った。

まあ、ただでさえ好奇心旺盛な彼女にとって、ダンジョンはかなり魅力的なのだろう。

「楽しくなりすぎて、はぐれないように気をつけろよ？　まあ、別にはぐれても無事に戻ってこられるとは思うけど」

「そうだね。でも移動系の魔法は得意じゃないから、はぐれたら合流に時間がかかっちゃいそうだし、気をつけるね」

そんな言葉の割に、まだまだお気楽な様子でレリアが言う。

まあ、お互いに危険な場所ではないし、レリアならこんなもんだろう。

そんな訳で、まずはぞろぞろとみんなでダンジョンに入っていく。

そんな中で、やはり目立つのはベルナデットだ。

「ベルナデット様の魔法が見られるの、楽しみですっ！」

彼女を取り巻いている女子のひとりが、目を輝かせながら言った。

彼女は、やはり人気者だ。単純に心酔してしまっている者も多い。

まあ、俺も彼女の魔法が見られるのは少し楽しみではある。

俺たちは教師たちに見守られながらも、徐々にダンジョンの奥へと進んでいった。

初心者用のダンジョンらしく、入り口付近は洞窟でありながらも、まだまだ不気味な雰囲気はない。すでに探索され尽くしているので、禍々《まがまが》しさや危機感といったものとも無縁だ。

とはいえダンジョンなのだから、モンスターがまったく出ないというわけではないのだけれど。

むしろ適度に弱いモンスターが出るからこその、初心者向けなのだ。

と、そうこうしているうちにいよいよ、モンスターが現れた。

最初は代表として、ベルナデットが前に進み出た。

「ベルナデット様！」

期待の声が後ろから飛んでいく。

俺も同じく後ろから眺めているのだが、やはり彼女は立っているだけでも絵になるな。

「わっ、モンスターだよ、ラウル！」

レリアはそれよりも、初めて見るタイプのモンスターにご執心らしい。

グレムリンと呼ばれる子鬼のモンスターだ。

瘴気から生まれ出ると言われていて、目につく生物を片っ端から攻撃する性質を持つ。

見た目の体格よりもずっと力はあるものの、身長自体は人間の半分ほどしかないため、成人男性が一対一で向き合えば、たいした技術がなくても倒せるくらいの相手だ。

魔法使いの場合なら接近される前に倒して終わり、という感じである。

そんなグレムリンが、まったく恐れず、凛々しく立つベルナデットへと向かっていく。

するとすぐに、彼女が魔法を放った。

渦巻く炎が彼女の手から放たれて、グレムリンへと向かう。

そして命中するとそれは円柱になって、グレムリンを完全に焼き尽くした。

「おおっ……！」

そんな彼女に、周りから歓声が上がる。

「すごいです、ベルナデット様っ！」

彼女の魔法はさすがといった感じだった。噂以上の実力だと思う。

渦巻く炎はやはり派手で見栄えがいい。命中後に円柱となって燃え上がるのも華やかだ。

グレムリン一匹を倒すためと考えると無駄も多いのかもしれないが、わかりやすい魔法使いらしさもあっていい。

冒険者でない俺は、素直にそう思うのだった。周りの生徒たちや教師もきっとそうだろう。

彼女が侯爵の娘だからというのもあるかもしれないが、純粋に貴族の扱う魔法として美しくていいものだった。複数の要素を持つ高等魔術なので、なかなか学生で身につけられるものではない。

そんな訳で、やはり彼女はすごい、という空気が作られていく。

「モンスターってあんな感じなんだね」

それでもレリアは、やはり人間の魔法よりもモンスターに興味津々みたいだ。

「精霊のレリアなら同じ状況でも問題ないと思うけど、あまり無防備には近づくなよ?」

「大丈夫だよ。これでもわたし、一応それなりにすごいんだからっ」

そう言って、どんっと自らの胸をたたいて見せるレリア。

普通なら不安になりそうな仕草とお気楽さだが、実際に彼女の言うとおりだし、それよりもたたいたことで揺れるおっぱいに意識が向いてしまった。

しかし、ベルナデットのすごさをあらためて見ると、やっぱり彼女は高嶺の花だなぁ、なんてことを再認識してしまう。

その後も結果的には何事もなく、初歩的なトラップや多少のモンスターとの遭遇を経て、無事にダンジョン研修は進んでいった。

そうしてしばらくすると、俺のところへとまた、ベルナデットがやって来る。

「ねえ、ラウルはいつになったら前に出て、魔法を見せてくださるのかしら」

「いや、他にも活躍できるやつがいっぱいいるしな。俺はいいんじゃない？」

そんなふうに話している今も、ひとりの男子生徒がベルナデットのほうをちらちらと見ながら、モンスターと対峙しているわけだが。

結構いいところの貴族の息子ではあるものの、魔法使いとしては普通という感じなので、彼女は興味がないみたいだった。

それなりに派手な魔法でモンスターを倒した彼は、ベルナデットがまるで見向きもしないことに残念がった様子だったものの、他の生徒には褒められて自信を取り戻しているようだった。

腕に自信がある者は、見せ場がほしいとばかりにみんな積極的にモンスターと戦っていく。

だからこれといって目立ちたくない俺は、ずっと楽ができているのだった。

ベルナデットは、自分よりも魔力量が高い俺の力量を知りたがっているようだが……。

実際、そんなに見せるほどの魔法のストックもないんだよな。

先程の炎魔法で、彼女には技術で敵わないことははっきりしている。

俺の魔法はどれも実用性重視で、貴族たちのような派手でかっこいいものじゃないし。

魔力量だけは上がっているので、今なら派手なものも使えるようにはなっているのだろうが、まだそういった魔法を覚えていないのだ。

一応はレリアとの契約の影響で、高威力の魔法も使えはするが、見た目はまったく普通だ。彼女に披露したいと思えるほどのものには、ぜんぜんなっていない。

いや、そもそも誰かにアピールする場のない俺としては、派手な魔法を覚える意味もないしな。

魔道具の仕事でフラヴィが気に入ってくれているおかげで、貴族に自分を売り込まなくても、将来はなんとかなりそうだし。

まあ、そうは思いつつも、ベルナデットのような美少女が期待の目を向けてくれるなら、ちょっとはやる気になっちゃうのが男ってものかもしれない。

彼女と話しながら歩いているうちに、分かれ道にさしかかる。

ここからはより実践を意識して、一般的な冒険者風の六名程度のグループに分かれていくことになっていた。

俺のグループはレリアは当然として、なぜかベルナデットも一緒だった。

これは、彼女が根回しして狙ったものらしい。

まあ、ここまで興味を持たれていれば、そうなるのか。逃がさないということだろう。

俺にはいつも一緒な仲良しグループみたいなものもないし、ベルナデットも取り巻きこそ多いものの、関係は崇拝や畏怖に近い感じだし。

ベルナデットと同じグループになって名前を売りたがる生徒は多そうだが、いざグループに名乗り出るかというと、そうでもない。

彼女の魔法への厳しさを知っている者は、むしろ尻込みするだろう。

そのため、とくに問題もなく、余り物の俺たちと組んでしまったというわけだ。

そんな訳でここからは、彼女と一緒のグループでのダンジョン探索を行っていく。

一気に人が減って、これぐらいの人数になってくると冒険者感もでてくるな。

といっても、全員が魔法使いという構成なことで、パーティーバランスがいいとは言えないが。

「ラウルはそんなに実力を隠したいんですの？」

ベルナデットがしつこく言ってくる。今も先頭を歩いているのは別の生徒で、俺は最後尾だ。

モンスター退治に積極的なのはベルナデットに取り入りたい者か、逆に彼女にびびって、率先してつゆ払いを行っている生徒だった。

まあ何にせよ、俺はそのおこぼれで楽をしていたい。

「隠したいってわけじゃないが、目立ちたいわけでもないな」

「ふうん。やっぱり変わってますわね」

「そうか？」

そんなことだけで、こんなふうに興味を持ってもらってベルナデットと話せるというなら、むしろ実力を隠したがる生徒も増えるかもしれないな。

まあ、俺は精霊の目で目立っているからこそだろうから、普通の生徒が目立たないようにしていたら、単に彼女の視界に入らないだけな気もするが。

そのまましばらく進むと。

奥に行くほど開けた感じは減り、徐々に空気もよどんで危険なダンジョンらしさが出てくる。

仲間が減ったということも、心理的には大きいだろう。

とはいえ、ここらあたりに出てくるモンスターはそう強いものでもない。

他の生徒や、時折ベルナデットが進み出て、華麗に魔法で倒していくのだった。

俺も一応、順番に参加する程度にはモンスターを倒していく。

このくらいのモンスターなら、初歩的な魔法でいいので消費もあってないようなものだ。

みんなに比べると、とても地味で華がない魔法ばかりだが。

「というか、俺は貴族じゃないし、見せるための魔法に不慣れっていうのもあるしな」

俺の地味な魔法を実力隠しだと思っているベルナデットに、そう言っておく。

「なるほど。たしかに、研究者に必要なのは派手さではなく、正確な魔法ですしね」

フラヴィの手伝いをしていることと、平民の特待生枠であることから、俺は周囲からも研究者ルートだと思われている。

まあ実際、冒険者になったり貴族に取り入ろうともくろんでいる訳ではないので、その通りなのだが。

ちなみにアベラール帝立魔法学院は、卒業するだけで将来が約束されている……などと言われる名門だが、実際にも平民の特待生枠から貴族になる者もいるという。

優れた魔法の才能は、貴族たちにとっても有益なものだしな。いわゆる婿入りとか、玉の輿とかもそれほど珍しくはない。この学院に入れるだけでも、相当に優秀だという証なのだ。

さすがに領地の跡取りを任せられるようなことはないが、名家のなかでも継承者ではない者と婚姻したり特別な関係を結び、領地を持たない男爵などとして任命される例はそれなりにある。

そういう点でも貴族組だけに限らず、侯爵家の娘であるベルナデットとお近づきになりたい者は多いんだろうな。まあ、彼女が誰かになびいているという話はまったく聞かないが。

むしろなびかなすぎて、彼女の好奇心を刺激しているだけの俺が、学院内で特殊だというような空気まである。

実際、特待生組と比べても、魔法使いとしてはベルナデットのほうが優秀だという感じだしな。

そんな彼女のお眼鏡にかなうのは、精霊の目のような、何十年にひとりいるかどうかというレアスキルくらいなのだろう。同じ土俵じゃ、とても敵わない。

貴族組なのに成績トップというのも、レア度でいえば相当だ。長い学院の歴史の中でも、ベルナデットくらいらしいしな。

「ラウルの本当の力が見られないのは残念ですが……」

「そんなに残念がるほどのものでもないけどな……」

そんな話をしつつ、前線で戦っている生徒を眺める。

と、倒されたモンスターがダンジョンの壁に手をつき、なにかが発動したようだ。

「レリア！」

俺は身構えながら、レリアへと目を向ける。

けれど一瞬光ったかと思うと、レリアの姿は消えていた。

俺は何があったのかと、すぐに周囲を見回し……。

「ちがう……俺たちのほうが飛ばされたのか」

景色が変わっていることに気がついた。

すぐ横にいたベルナデットだけが一緒におり、レリアを含む四人はこのあたりはいない。

おそらく、後衛だけを転移させるような罠があったのだろう。

「ここはどのあたりなのでしょうか……。ちょっと困りましたわね」

困ってはいるだろうが、切羽詰まってはいないくらいのテンションでベルナデットが言う。

まあ罠に引っかかってしまったのはよくないが、そのあたりのリスクも踏まえてのダンジョン研修だ。このダンジョン内であれば、こうした転移トラップにかかって飛ばされても、そこまで大きな問題にはならないと聞いている。

それに召喚術の授業でもあったように、人間を一定以上の遠くに飛ばすことは、ダンジョン内の罠であっても不可能だ。簡易なもののようだし、それほどの距離ではないなずだった。

たとえ深層や奥地だろうと、このダンジョンで出てくるモンスターは弱いままだし、場所が把握できないのは痛いが、丸一日もかければ脱出自体はできるだろう。

結局は練習用の、そのくらいの規模のダンジョンなのだ。

実際に、飛ばされたここでも瘴気の濃度はそうでもないと思う。

さすがに入り口付近と比べればダンジョンらしさはあるものの、ひとりぼっちでもないし、命の危機を感じるほどではなかった。

「とりあえず、セーフエリアを目指して位置確認ですわね」

「ああ、そうだな」

ダンジョン内には学院や冒険者が設置した、モンスターが入ってこられないセーフエリアが点在する。これは瘴気の性質を利用した仕組みらしく、濃度を魔法でコントロールすることで、モンスターが立ち入れない空間が生まれるのだった。

瘴気の濃さは魔法使いなら誰でも感覚でだいたいわかるし、こういった完全攻略済みダンジョンの場合は、先に来た人たちによってそのエリアがわかりやすく区切られてもいる。

初めてのダンジョンでも、行けば直ぐに分かるだろう。

というわけで、俺たちはまずセーフエリアを目指していくのだった。

「と、数がけっこう多いですわね」

炎の円柱の魔法でモンスターをなぎ倒しながら、ベルナデットが言う。

「ああ。ふたりになっているからってのも、あるけどな」

俺も魔法でモンスターを倒しながら答えた。

相手は決して強くないので問題なく倒せはするのだが、こちらがふたりなのに対して、それ以上の数で現れると精神的には圧迫感がある。やはり五～六人のパーティーのほうが落ちつくな。

ともあれ、順調に俺たちは魔物を倒していたのだが、だんだんとベルナデットから余裕がなくなっていった。

「すみません、ラウル……」

「どうした？　大丈夫か？」

何度目かの遭遇を終えた後、彼女が声をかけてくる。

命の危険はほぼないとはいえ、ふたりだけではぐれているということで口数は減っていたのだが、そろそろ不安になったのだろうか？

「この先、どのくらい続くのかにもよりますが、魔力の残りがあまりよろしくない感じですわ」

「なるほど……」

ベルナデットの魔法は、貴族の魔法だ。

そこには実力を誇示するという意味合いが含まれ、派手なぶん魔力の消費が多い。

そのため、彼女も例外なく消耗が早いのだろう。

落ち着いた状況なら低消費の魔法でも上手く戦えるだろうが、いざモンスターを目の前にしていると、やはり使い慣れた魔法のほうが安定する。

彼女にとってはそれが、貴族的な魔法だというわけだ。

「セーフゾーンに行ったら、しばらくはそこで回復できるよう、待機するか。時間はかかってもいいだろう」

極端な話、俺がこのあとのモンスターを全部倒すというのも可能だとは思うのだが、なにせこちらも素人だ。人を守りながら戦うとなると、実際にできるかどうかわからないし、ベルナデットとしても魔法が使えない状態は心細いだろう。

あとは性格的にも、彼女はただ守られているのが落ち着くタイプだとは思えない。

そんな訳で、なるべく俺が前衛を受け持ちつつも、ある程度はベルナデットも魔法を使いながらダンジョンを進んでいく。

「ラウルのほうは、まだ大丈夫なんですの？」

「まあ、俺の魔法は地味だしな」

ここ最近ぐんぐんと魔力量が伸びていることもあり、正直なところ、このままでもおそらく使い切れないくらいだった。低燃費な魔法にも特化しているしな。

ダンジョン内をどれだけさまよったとしても、俺の魔力が切れることはたぶんないだろう。

そういう意味でも俺のほうに不安はない。

「さすがですわね」

そう言って納得した様子のベルナデットは、やはり少し疲れているようだ。

こんなとき、女の子には優しい言葉をかけるべきなのだろうが……俺はあまりそういうのが得意ではない。彼女だって俺にいきなり言われても、そういったことに慣れてはいないだろう。

ずっと主席の、最高位のお嬢様として気を張っていることの多かった彼女だ。弱い部分を見せたがるタイプじゃない。

彼女のような美女に頼られたならば、ほいほいと力になりたいと思うところだが、こちらから動いてもかえって無理をさせてしまうだろう。

と、そうこうしているうちに、ひとまずセーフゾーンらしき場所が見えてきた。

「あっ、どうにかたどり着きましたわね」

「ああ、よかったな」

攻略済みであるこのダンジョンは、セーフゾーンもしっかりと仕切られており、わかりやすい。

俺は休むために、テントを張っていく。

これに関してはすぐに自分が動くことで、ベルナデットに手伝わせる隙を与えないことにした。

ダンジョンに入るにあたり、キャンプ技能の復習をやらされたばかりだったのでスムーズに設置することができた。

「とりあえず休むか」

「そうですわね」

俺たちはテントに入り、休憩することにする。簡易なので小さめだが、ふたりなら充分だろう。

ダンジョン内では昼夜がわかりにくい。

一応、時計はあるものの、空が見えないとやはり感覚的には微妙だ。

「学院側も探してくれていると思うし、運がよければ休んでいる間に合流できるかもな」

レリアたちが無事なら報告しているだろうし、ほかならぬベルナデットを教師たちが捜さないはずもない。

「そうかもしれませんわね。ただ、逆にもっと時間がかかることもあるかもしれませんわ」

「ああ。そうなれば、自力で帰るほうがはやいかも……な。まあ、まずは休息だ」

俺たちがどこに飛ばされたのかは、まだわかっていない。

捜索側も、他の生徒まで二次遭難しても困るし、一回そちらをちゃんとしてから行動するということもあるだろう。

俺とベルナデットはどちらも、生徒の中では魔法使いとして上位のほうだ。

むしろ残っている生徒のほうが、戦闘ではやや危険、というような者も多くいる。

そう考えると、救援が来るよりも自力での脱出のほうが早そうな気がしてきた。

問題はベルナデットの魔力くらいか。

それはもう、休むしかない。俺たちはテントで並んで座っていた。

普段ならば、貴族のベルナデットとこうして近距離で過ごすことなんてまずないが、今はダンジョン内で緊急事態だしな。そう思っていると、ベルナデットが訊いてくる。

「レリアは、契約者であるラウルと離れていても大丈夫なんですの？」

精霊は契約することではじめて、普通の人間にも見えるようになり、触れ合って過ごせるようになる。つまり、精霊の目を持つ俺のような者がいなければ、人間社会には何十年も不在だったりするのだ。

その格段の珍しさから普通の人には未知なことが多いし、心配してくれているのだろう。

「ああ。一度契約してしまえば、経験上は、離れていても問題はないな」

レリアがべったりなので結果として一緒にいることが多いが、必ずしも必要って訳じゃない。

たまにはひとりで図書室などに行って、いろいろ勉強しているみたいだしな。

それにエロ系の知識も、どこかで女生徒たちから仕入れているようだし……。

ついそんな余計なことを考えてしまったが、今は隣にベルナデットがいる。

テント内の密室ということもあって、距離が近いことをあらためて意識してしまった。

疲労からかやや息も荒く、当然、彼女の存在をすぐそばに感じているわけで……その状態でエロに意識が傾き始めるのはよくない。

なにせ彼女はとても魅力的な、学院一の美少女なのだ。

意識し始めると、すぐに欲望が膨らんでしまう。

「ラウルは、まだまだ魔力にも余裕があるのよね？」

「ああ。俺の魔法はまだ地味だし、最近もずっと魔力量だけは伸びてるからな」

「……まだ、そんなに伸びてるんですの？」

彼女は驚いたようにこちらを見た。すぐそばにある、びっくりした顔もきれいだった。

「ああ。フラヴィ先生の手伝いで魔石を作って、魔力を定期的に多く使ってるっていうのもあるしな。それが訓練にもなってるみたいだよ」

「なるほど……。やはりすごいんですのね」

彼女はあらためてそう言うと、ちらちらとこちらを見てくるのだった。

「それほど余裕があるなら……」

そう言って、彼女は少し赤い顔で俺にお願いをしてくるのだった。

「魔力を分けてもらってもいいかしら……その、ラウルが嫌でなければ、だけど」

「えっ……それは……」

俺は思わず、彼女を見てしまう。

その実力相応に、いつもは強気な表情が多い彼女の、少し控えめな仕草。

こんなダンジョン内でも相変わらず整った、派手な美人であるベルナデット。

スタイルも抜群で、実は男の目を惹きつけてやまないほどの爆乳だ。

俺は思わず、つばを飲み込んでしまう。

というのも……異性との魔力の補充というのは、基本的にはセックスのことなのだ。

「思ったよりも魔力の消耗が激しくて……ほんとうはもう、辛いのです」

顔を赤くし、恥ずかしそうに言う彼女。

たしかに、ダンジョンでの魔力切れは不安も多いだろう。

「ベルナデットは、いいのか？」

浮いた話を聞かない彼女に尋ねると、こくん、と小さくうなずいた。

普段は強気な彼女の小動物じみた姿は、ギャップもあってとてもかわいらしい。

そんな姿を見ているとたまらなくなるし、彼女がしたいというのなら、こちらとしては喜んで、という感じだった。だが、彼女は侯爵家のご令嬢でもあって……。

「ラウルなら、その……」

しかし、恥じらいつつも直球の好意を向けてくる彼女の姿は、たいへんにそそるものがある。

「わかった」

「ありがとうございます」

俺がうなずくと、彼女はお礼を言った。

「その、わたくし、こういうのは初めてで……」

「そうだよな、うん」

一度も浮いた話を聞かないベルナデットは、やはり経験はないらしい。

帝国が平和な時代なので色恋にはしりがちな貴族たちとしては、ちょっと珍しいほど奥手なのかもしれない。

いや、彼女ほどの美貌と有能さ、高い地位ともなると、なかなか釣り合いがとれる相手なんていないだろうしな……。ほんとうに箱入りなのだろう。

しかしここはダンジョンだ。立場なんて関係ない。求められたなら、必要なのは男気だけだった。

俺は少し震える彼女を、優しく抱き寄せた。

「あっ……」

慣れない触れ合いに驚きつつも、彼女はそのまま身体を預けてくる。

理想的なスタイルである彼女の柔らかさを感じながら、俺はまずその背中を撫でていった。

「ん、うっ……」

小さく声を漏らしながら、ベルナデットも俺の身体を撫でてくる。

「これが、男の人の身体なんですのね……。意外と肩幅もあって、ごつごつしてますわ」

俺は決して、体格がいいほうというわけではない、
けれどやはり、女性らしくしなやかな彼女とはいろいろと違うものだ。

彼女に撫でられつつ、俺は手を前へと動かしてその胸に触れた。

「んっ……」

声を小さく漏らすものの、それ以外の動きはせず、俺の手を受け入れている。

魔力の供給だけを考えれば胸を触る必要はないのだが、初めてということもあるし、ここにはロ

ーションなどもないので、しっかりと濡らしておくために愛撫は必要だ。

というわけで、俺は彼女の胸元をくつろげて胸を露出させる。

「あぅ……ちょっと、恥ずかしいですわね……」

そう言いつつも、することはわかっているため、隠そうとはしない。

そんなところは、ベルナデットらしいかもしれない。自分から言い出した以上、律儀なのだ。

俺は背中側に手を回し、ブラを外す。そのまま下着を取り去ると、普段はきっちりと服の中に隠されている、お嬢様の爆乳おっぱいが現れた。

「んっ……殿方に見られるなんて初めてで、あふっ……。その、ど、どう、ですか？　わたくしの胸は……」

「すごく魅力的だよ」

いつだって異性の視線を集めてしまうだろう胸を、俺がはじめて直接に見ている。

その優越感も、俺を興奮させていった。

周囲のいやらしい視線を、ベルナデットだって感じてはいたはずだ。

実際に男に素肌を見られて、いざとなるとやはり、少し不安になったのだろう。

けれど、そんなのは杞憂だと言いたい。最高に魅力的なおっぱいだった。

大きくてボリューム感たっぷりのおっぱいへと、直に触れていく。

「んっ、あぅっ……」

むにゅんっと、俺の手を受け止めておっぱいがかたちをかえる。

俺はそのまま、両手でおっぱいを揉んでいった。

「あふっ、ん、あぁ……」

むにゅむにゅと変形する柔らかおっぱい。普段はつんとすましているベルナデットの爆乳を揉んでいると思うと、さらに昂ぶってくるのを感じた。

「あふっ、なんだか、大きな手に揉まれていると……」

「気持ちいいかな？」

「はい……」

尋ねると、彼女は素直にうなずいた。

俺はそんな彼女の爆乳を堪能していき、もっと感じさせていく。

「あぅっ、ん、あぁ……変な気分になっちゃいますわ」

「それでいいんだよ、たくさん感じてくれ。この後のためにもな」

「ん、あうっ、わかりましたわ……お任せいたします」

素直にうなずく彼女のおっぱいを、俺はこねるように揉んでいった。

掌に収まりきらない柔肉が、指の隙間からいやらしくはみだしてきている。

その溢れる乳肉もまたエロい。

「んぁ、あうっ……」

色っぽい声を漏らす彼女の胸を揉みながら、反応も楽しんでいった。

「あふっ、ん……こんなに……揉まれるものなのでしょうか？　あふっ……」

だんだんと色めいていく仕草を観察していると、掌にしこりを感じ始めた。

「乳首、立ってきてるな」

「えっ、それは、ん、あうっ……！」

その乳首を軽くこすると、彼女が嬌声を漏らした。

「あふっ、そこ、ぴりって……」

乳首をこすられて、ベルナデットが敏感な反応を見せてくれる。

そこで俺は乳首を集中的に責めてみることにした。まずは指先でくりくりといじっていく。

「あんっ、ラウル、それっ、んっ……」

「やっぱり、乳首がいいのか？」

そう言いながら、軽く弾く。次にはつまんで刺激していった。

「あふっ、ん、そこ、そんなにいじられると、なんだか、あぅっ……」

彼女は気持ちよさそうな声を漏らしながら、軽く身体を動かしている。

ぴくんと震える度に揺れるおっぱいの頂点で、乳首が存在を主張している。

俺はそのまま乳首を責めていき、彼女を高めていった。

「あんっ、あっ、あぁ……♥　そこ、そんなにくりくりしちゃだめぇっ……。あふっ、あぁ、なんだか、気持ちよくて、あんっ！」

お嬢様とはいえ、こんなことを言い出すぐらいだ。自慰ぐらいは知っているとは思うけど……。

「気持ちいいなら、もっと続けてみよう」

俺は乳首を刺激しつつ、おっぱいもまた揉んでいく。

敏感な胸を責められて、ベルナデットはどんどんと感じていった。

「あふっ、あ、ん、あぁ……ラウル、その、下着がもう……」

そう言いながら、視線を下ろすベルナデット。

彼女につられて目線を下げていくと乱れたスカートが目に入る。そこをそっとまくりあげた。

「あっ……」

彼女が恥ずかしそうな声をあげる。

スカートの下では女の子の大切な場所を覆う下着が、一部濡れているのがわかった。

「おっぱいや乳首をいじられて、感じてくれたんだな」

「あぅっ……恥ずかしいですわ、こんな、あっ、はしたない、んぅっ……」

「いや、感じてくれていいんだよ」

俺はそう言いながら、彼女のタイツを下ろしていく。

「あぅっ、んぁ……」

そして同じように、下着もずらしていった。

「あぁ……そんなところ、ん、見ないでくださいっ……あうっ……」

下着をズリ下ろすと、ベルナデットのおまんこがあらわれてくる。

まだ誰も受け入れたことのない、お嬢様のおまんこだ。

ぴったりと閉じた処女まんこは、しかしもう濡れているのがわかる。

俺はそこへと手を伸ばし、ピンクの割れ目を優しく割り開いた。

「あぅっ……ラウル、んぁ……」

自分の秘められたところに触れられ、押し広げられて、彼女が軽く身をよじる。

俺はそのまま、まずは軽く指でなぞっていった。

「あっ、ん、そんなところ……んぅっ……」

くちゅ、と小さくもいやらしい音を立てながら、彼女のおまんこをいじっていく。

ピンク色の秘めやかな部分を愛撫して、初体験のための蜜を溢れさせていく。

「あぅっ、ん、あぁ……♥」

彼女の声がどんどんと色を増していく。

「ラウル、ん、あぅっ、わたくし、んっ……」

ちゅくちゅくとおまんこをいじっていくと、彼女のそこは潤《うるお》っていった。

もう十分に湿ったそこを、次は指で軽くほぐしていく。

「あふっ、あ、指が、んぁ……」

膣口のあたりを指先で刺激し、少し押し広げてみる。

まだモノを受け入れたことのないおまんこは狭く、侵入を拒むようにしている。

「んぁ、あっ、中、んぅっ……！」

そんな処女まんこを少しずつほぐし、気持ちよくしていった。

「あふっ、あっ、ラウル、んぅっ……」

「もう十分、濡れてはいるみたいだな」

「あうっ、だって、んぁっ……」

指先が愛液でふやけ始めている。

とろりとした、いやらしい蜜がどんどんと溢れ、おまんこがひくひくと震えている。

すぐにでも挿れたくなるような、そのエロいメスの器官に俺の意識も釘付けだ。

「ベルナデットのペースで、できたほうがいいかな」

「あうっ、ん、そうです、わね……わたくしもそのほうが……」

元々、普段は主導権を握り、先頭に立って進んでいくタイプの彼女だ。

終始ペースを男に握られっぱなしというのも、落ち着かないだろう。

それに、才能があると同時に、頑張り屋でもある彼女だ。

受け入れ慣れていないセックスでも、こちらが平気かと確認すれば無理をして強がってしまうかもしれない。その点、自分に主導権があれば、ゆっくりと挿入していくことも可能だろう。

「それじゃ座るから、俺の上にまたがってきてくれ」

そう言うと、俺はズボンを脱ぎ捨て、肉棒を露出させる。

すでに硬く反り返った肉竿が、待ちきれないとばかりに猛っている。

「あっ……これが、ラウルの……殿方の部分なのですね……」

初めて見るであろうチンポに、ベルナデットの熱い視線が向けられる。

「これが、わたくしの中に……♥」

驚きと好奇心の入り交じった目で見つめられ、俺も不思議な興奮が湧き上がってくるのを感じていた。高嶺の花であるお嬢様が、俺の勃起チンポをじっくりと見ている。彼女の目には興味津々といった感じと、恥ずかしさや驚きが入り混じっていた。

「こ、これをわたくしのアソコに……んっ……入れれば……」

彼女は座った俺の上に、言われたとおりにまたがった。

「あふっ……この格好、かなり恥ずかしいですわね」

その状態で立ったままだと、ちょうど彼女の秘部が俺の顔の前にくる。

そこからゆっくりと、ベルナデットは恥ずかしがりながら腰を下ろしていく。

途中で、がに股のような姿勢になり、おまんこが開かれているのがとてもエロかっった。

高貴なお嬢様の大胆なM字開脚で興奮し、肉棒も秘裂に向かってそそり立っていった。

「この上に、んっ……」

「指で……自分の入り口に導いてくれ」

「は、はいっ……。これを、あっ……！」

彼女の手が俺のチンポを軽く握ってくる。

しなやかな指がおそるおそる触れてくるのは、もどかしいような気持ちよさだ。

「あぁ……♥　熱くて、硬いですわね……」

彼女の手が肉棒のカリ下あたりを握り、そのまま腰を下ろして、純潔を捧げるべく導いていく。

「ん、ふぅっ……」

そしてちゅくっ、と先端が膣口へと触れた。

おまんこから溢れてくる愛液が、肉棒を濡らしていく。

「あふっ、ん、あぁ……」

彼女はそのまま少し腰を動かして、おまんこを肉竿でこすっていく。

愛液の塗りたくられたペニスが、膣口をつんつんと突《つつ》いていた。

「あぅっ、ん、あぁ……これを、んっ……」

そして彼女がもう少しだけ腰を下ろすと、亀頭が膣穴の入り口を押し広げていく。

「あっ、う、んんっ……」

「無理はしなくていいぞ」

「はいっ、ん、あぁ……硬いのが、んっ……」

彼女はうなずきながら、慎重に腰を下ろしていく。

先端のこわばりが彼女に包まれはじめ、熱い媚肉を感じる。

「あっ、ここ、んっ……」

そしてそんな肉棒が、小さな抵抗を受ける。彼女の処女膜に触れているのだ。

「いきますわ……」

「ああ……ゆっくりな」

彼女の言葉に、俺もうなずく。いよいよだ。

「ん、くっ……あぁぁぁっ！」

ベルナデットは腰を下ろして、肉棒を受け入れていった。

処女膜を引き裂いた肉竿が、膣内に飲み込まれていく。

「あくっ……！　ん、あっ、あうっ……！」

彼女は初めてモノを受け入れて、その膣内を押し広げられる感覚に悲鳴をあげた。

突然の異物に驚く膣内が、肉棒を強く締めつけてくる。

「あうっ、ん、あぁ……」

彼女は腰を下ろしたまま止まっているが、膣襞《ちつひだ》はその最中もうねり、早くも肉棒を刺激していた。

蠕動する膣襞の気持ちよさと、ベルナデットという高嶺の花、学内で最も注目されているお嬢様の処女をもらっているというシチュエーションが、十分な快感を与えてくれる。

とはいえ彼女のほうはまだ、肉棒を受け入れるので精いっぱい、といった様子だ。

「大丈夫か？」

「ん、はい、大丈夫、ですわ……んっ」

「こっちに身体を預けてきてもいいぞ」

「んっ、ふっ……あふっ……」

俺がそう言うと、ベルナデットがぎゅっとしがみついてくる。

大きな胸が、俺の身体で柔らかく形を変えた。

回される手に軽く力がこもり、彼女の恥ずかしさと緊張を伝えてきた。

俺は彼女の服へと手を差し入れ、背中を優しく撫でる。

「んっ……」

なめらかな肌を感じながらその手をゆっくりと下ろしていくと、尾てい骨のあたりで彼女が小さく反応する。

抱きしめ合っているためその表情は見えないが、膣内がきゅっと反応したのはわかった。

「このあたりが気持ちいいのか？」

「あふっ、ん、あぁ……♥」

なで回していくと、ベルナデットの声が徐々に色を帯びてくる。

膣内もだんだんと、肉棒を受け入れた状態に慣れ始めているようだ。

「あぁ……ん、もう、大丈夫ですわ……。この次は、んっ、腰を動かす、んですわよね？」

「ああ。でも、無理はしなくていいぞ。最初はゆっくりな」

「わかりましたわ……」

そう言って、彼女は慎重に腰を動かしはじめた。

「うあ……」

「あぁ、これ、んっ……わたくしの中に、ラウルが、んぁっ」

動き始めた腰に合わせて、膣内で肉棒がこすれていく。

止まっていても気持ちよかったが、やはり動き始めると、より大きな快感が生まれてくる。

「あふっ、ん、あぁ……。わたくしのアソコを、あんっ、ラウルさんのものが……あぁ、ん、ふぅっ……！」

ベルナデットはだんだんと快感を得ているようだった。

それに合わせて、腰の動きも少しずつ速くなっていく。

彼女は俺に抱きつくのをやめ、こちらの肩に手をかけてきた。

そしてより大きく腰を振っていく。

「あふっ、ん、あぁ……これ、すごいですわっ……！　わたくしのアソコが、あっ、いっぱい、こすられて、んくぅっ！」

お嬢様が、俺のチンポを咥えこんで腰を振っている。

俺の肩に掴まっているから、揺れるおっぱいがすぐ目の前に来ているのだ。

「あうっ、ん、あぁ……。わたくしの中に、ずぶずぶっと、あっ、んはぁっ♥」

弾む爆乳と、とろけつつある彼女の表情。視覚的にも興奮することばかりだ。

「あぁっ……！　ん、あふっ……！」

そんな俺の目の前で、彼女が腰を振っていく。

膣襞が肉棒をこすり上げ、すぐにまたぬぷりと咥えこんでくる。

「う、あぁ……」

「ラウルも、んぁ、わたくしの中、気持ちいいみたいですわね」

「ああ……いいよ」

答えると、彼女はさらに勢いよく腰を振ってくるのだった。

「あふっ、んぁ、ああっ、すごいですわ、これっ、ん、くぅっ……！」

彼女の顔はもうすっかり緩んでおり、快楽に身を委ねているのがわかった。

おまんこもまだ狭さはあるモノの、愛液がたっぷりと出ていることもあり、スムーズに抽送が行われている。

「あんっ♥　あっ、んぁ、こんなの、んぅっ、あぁっ……！」

彼女自身も乱れているし、これなら俺が少し動いても良さそうだ。

そう思って、腰を突き上げてみる。

「んはぁっ♥」

突然の刺激に、ベルナデットがのけぞるようにしながら嬌声をあげた。

「あっ、ラウル、それっ……！」

「もう十分感じてるみたいだしな。多少こうやって突き上げても、むしろ気持ちいいだろ？」

「あふっ、んぁ、ああっ！　そんなふうにされたら、わたくしっ、んぁ、ああっ！」

彼女は否定せず、自分でもさらに腰を動かしている。

「あぁっ♥　んぁ、ああっ……！　あっあっ♥　なんだか、すごいのが、んぁ、きちゃいまわすっ！

わたくし、んぁ、ああっ……！」

嬌声が一段高くなり、膣内も締まってくる。

俺はそのお嬢様まんこを、もう手加減なしで突き上げていった。

「ひうぅっ！　あっ、だめっ……！　あぅっ♥　これ、すごいのぉっ！　あっ、わたくし、んぁ、あっ、んはあぁぁぁぁっ♥」

「う、あぁ……」

彼女が絶頂したようで、膣襞がぎゅっとうねりながら絡みついてきた。

その刺激に俺も精液が上り詰めるのを感じて、彼女の奥へと腰を突き上げる。

「あっ、しゅごっ、んぁっ！　らめ、わたくしの、んぁ、あっ♥　気持ちよすぎて、んぁ、ああっ」

「出すぞっ……！」

そう宣言するものの、彼女はすっかり快楽の虜になってしまっていて上《うわ》の空だ。

「んはぁっ♥　あっ、ああっ！」

「ぐっ！」

びゅるっ、どぷっ、びゅくくくっ！

俺はそのまま、ベルナデットの中に射精した。

「んはぁっ♥　あっ、熱いの、どろどろ、わたくしの中に、んぁっ♥」

絶頂直後のおまんこに中出しされて、ベルナデットの膣内が喜ぶように収縮した。

「あぁ……♥　すごい、熱くて、ぽかぽかして……んぁっ。わたくしのお腹のなかに、ラウルの……いっぱいきていますわ……♥」

「う、ああ……吸い取られるな、これは」

うねる膣襞はきっちりと肉棒を絞り上げて、俺の精液を飲み込んでいった。

その気持ちよさに浸りながらも、俺は彼女を眺める。

普段の凛々しい顔とは違う、とろけきった女の表情。

そんな顔のベルナデットは、いつもの美しさ以上にかわいらしく、俺を惹きつけていった。

「あぁ……♥　すごいですわ、これ……こんなに気持ちよくて……心までふわふわしてしまいますわ……♥」

うっとりと言う彼女が、そのまま俺に抱きついてくる。

むにゅり、と押しつけられるおっぱい。

激しい行為の直後で火照った身体は、しっとりと汗ばんでいた。

その色っぽさからも、女らしさを強く感じる。

「あふっ……」

俺たちはそのまま、恋人のように抱き合っていたのだった。

●

ベルナデットを抱ける喜びと気持ちよさですっかり忘れていたが、ここはダンジョン内であり、元々は魔力回復のためにセックスをしたのだった。

そのあともセーフゾーンのテントで休憩を続けると、すっかり元気になったベルナデットが、お礼を言ってくる。

「おかげで、魔力もしっかり回復しましたわ。ただ……」

「どうかしたか？」

俺が尋ねると、彼女は顔を赤くしながら答えた。

「あうっ……その、まだお腹のなかにラウルのモノが入っている感じがして……」

「ああ……」

初めて男を受け入れ、膣内を広げられたのだから、違和感が抜けないのだろう。

「それに、その……」

「うん？」

まだ何かあるのだろうか、と彼女に問いかける。

するとベルナデットはさらに顔を赤くして言った。

「い、いえ……。ところで、ラウルはどうでしたか？　その、魔力は大丈夫だと思いますが、あの、満足なさいましたか？」

「ああ、すごくよかったぞ。こんな状況で言うのもなんだが……正直、こういう場面じゃなかったらベルナデットとできなかったと思うし、役得だと思ってる」

「そ、そうですか。気持ちよかったなら……うん」

彼女は顔を赤くしたまま小さくうなずいた。

「その、一つだけ言っておきますけれど」

「お、おう」

彼女はそのまままっすぐに俺を見つめてくる。

頬を染めてこそいるものの、やはりきりっとした顔をしていると、派手な美人であるだけに迫力があるな。

「いくら魔力がなくなってしまったとはいえ、普通はこんなこと、お願いしませんわよ？　わたくしは、その、初めてだったのですし」

「お、おう……」

その勢いに押されながら、うなずく。

「ラウルだったから……だからその……」

「え？」

「が、学院に戻ったら、また声をかけさせていただきますわっ！」

珍しく声の小さい彼女が何を言っているのか聞き取ろうとすると、急に大声になったので、俺は驚いてのけぞる。

「あ、ああ……」

セックスの後だからだろうか。叫ぶ彼女はなんだかとっても女の子な感じがして、俺はこれまでとは違うベルナデットの姿に見とれてしまうのだった。

●

魔力さえ回復してしまえば、戦闘は問題ない。

セーフエリアにダンジョン内での位置情報があったことと、ベルナデットが優秀だということもあり、俺たちは難なくダンジョンを抜けて帰還した。

途中で捜索隊とかち合い、無事を喜ばれたりもした。

侯爵の娘がはぐれたということで、けっこうな騒ぎになったらしいが、自力で無事に帰還してきたので、教師たちもさぞや安心したことだろう。

「最近のラウルは、なんだか忙しそうだね」

「ああ……。まあ、仕方ないけどな」

教師による状況の聞き取り調査から教室へと戻った俺に、レリアが声をかけてきた。

家格も成績もトップであるベルナデットが行方不明だとあって、学院側も大騒ぎだったらしい。

結果的には問題なかったが、後処理もいろいろ大変だったことだろう。

いくら安全な初心者向けダンジョンだとはいえ、罠にかかったわけだしな。

場合によっては、今後のダンジョン研修にも影響を与えかねない事件だ。

俺もベルナデットも怪我一つおっていなかったが、それはただの結果論だしな。

遭難した俺たち以上に、学院の管理側は大変だろう。

この一件で、他の生徒たちの親も心配になったみたいだしな。

これまでの同じ実習でも、ダンジョン内で大怪我を負った生徒はいない。

けれど、今回みたいな転移系の罠があったときに、巻き込まれた全員が今後も無傷で戻ってこられるかというと、そうもいかないだろう。

今までも変わらずにあったリスクだが、それが今回、表に出てしまった。

というわけで、大人たちはてんやわんやだったようだ。

そうなると、当事者である俺たちにもいろいろと聞き取りなどがあるわけで面倒だ。

それでもほとんどは、優等生であるベルナデットに話がいくことが多い。

俺は所詮は平民なので、学院を取り仕切るレベルの貴族にとっては、どこの馬の骨ともわからないような相手だからな。俺と直接話そうとは、あまり思わないのだろう。

まあ侯爵家のベルナデットと話すというのも、貴族にとっては緊張することではあるだろうが。

それこそ、彼女の話に反論するのは、難しいだろうし。

ともあれ、ダンジョンがらみでにわかに騒がしくなった周囲も、日が経つとだんだんと落ち着いていった。

今日はとくに呼び出しもなかったし、教室は次の授業を受ける生徒で賑わっている。

ダンジョンから戻った直後は、ベルナデットと一緒だったということもあり、彼女の武勇伝を聞きたがる生徒たちが俺に声をかけてくることも多かった。

好奇心としては当然、ベルナデットに直接聞きたいのだろうが、彼女にそんな野次馬的な興味を向けても、すげなく扱われるだけだろうしな。

俺といるときは比較的やわらかな態度が多いので忘れそうになるが、一般的なイメージとしての彼女は「容姿端麗、文武両道、家格も高く有能で、人に厳しく自分にはそれ以上に厳しい、完璧ゆえに近寄りがたい美女」みたいな感じだからな。

とりあえず魔力量においてだけは彼女より優れている俺には、年相応の女の子らしい面や、それこそダンジョンのときのような、艶やかな表情を見せてくれたりもするのだが……。

「今度は、わたしもラウルとダンジョンの奥に行ってみたいなぁ。授業だとどうしても決まったところしか通れないし」

「ああ、それもいいかもな」

「ほんとっ？　じゃいこうよ！」

レリアが楽しそうに返事をする。

彼女との契約によって俺も十分に魔法使いとして成長しているし、レリア自身は光の精霊ということもあって、魔法のエキスパートだ。

危険度の低いダンジョンならふたりでも問題ないし、フラヴィに引率を頼めば自由度は確保しつつも、学院側の理解も得やすいだろう。

「ああ。ただ、今回のことがあったし、ちょっと時間は必要かもな」

「あー、そうだよね……」

まあ、貴族組でない俺は何かあっても問題になりにくいし、比較的許可が下りやすいとは思うが。

そんな話をしていると、ベルナデットが教室に入ってきた。

教室中の視線のすべてが、当然のように彼女へと向く。

それはいつものことだ。

美人は目に入りやすいし、どうしても視線を惹きつけてくる。

本人の容姿だけでもそれなのだ。

その上で、同学年の主席であり上位貴族でもあるともなれば、注目されていないときのほうが珍しい。そんな彼女が俺を見つけると、こちらへと寄ってきた。

「ラウル、ちょっとよろしいかしら？」

「ああ。いいけど、どうかした？」

ダンジョンがらみの調査も多く、彼女が声をかけてくるのも最近では普通のことになっていた。

周りにも「あの件かな？」という雰囲気があるため、俺が過度に注目されるということもない。

まあ……最初からベルナデットとは不釣り合いすぎて、俺なんかさほど気にされていなかったみたいなのが、やや不服ではあるが仕方ない。

ともあれ、そんなわけで視線は集めつつも、余計な嫉妬などを買うことなく会話できる。

「放課後、わたくしの部屋に来てくださらない？　その、できれば今回はひとりで」

ちらり、とレリアに視線を向けつつベルナデットが言った。

「ああ、いいよ」

俺がうなずくと、今度はレリアへとしっかり目を向けて彼女は言う。

「ごめんなさいね。次の機会には、一緒におもてなしさせていただくわ」

「わっ、ベルナデットのおもてなし？　すっごく楽しみ♪」

一流貴族のおもてなし、ということで、レリアが期待に目を輝かせて言った。

相変わらず無邪気で好奇心に溢れているな。そんなレリアを好ましく思いつつ、ひとまず詳しい話はそのときに、ということでベルナデットは離れていった。

「ラウル、モテモテだね」

「そういう話か？」

俺は首をかしげるものの、レリアは深くうなずいた。

「そうだよ。じゃないと、部屋には呼ばないでしょ」

まあ、学院には談話室なんかもあるしな……。それにベルナデットならそういう部屋も、すぐに押さえられるはずだろうし。

「じゃあ、わたしはフラヴィのところに行ってようかな」

最近では、レリアもフラヴィとの仲を深めているみたいだ。

研究者であるフラヴィは、レリアにとって興味深いことを多く知っている存在だし、フラヴィからしても精霊は特別な相手だ。俺に付き合って研究室に通ううちに、意気投合したようだった。

そんなふたりの相性は、結構いいらしい。まあ、レリアはいつも明るいし、そもそも相性の悪い相手というのもそう多くない気もするけれど。

そんなわけで放課後の予定も決まり、教師が入ってきて次の授業が始まるのだった。

●

そして放課後。俺は約束どおりベルナデットの部屋を訪れた。

彼女も学院の寮内に住んでいるのだが、その部屋は当然に豪華なものだ。

置かれている家具も一段と高級なのがわかる。華美というわけではないが、一応は特別扱いされている俺の部屋よりもさらに優れた品々だ。

これはきっと、彼女が持ち込んだものだろう。さすがペナスー侯爵家のご令嬢、といったところだろうか。

一流の家具に囲まれてもまるでオーラ負けする気配がないあたり、ベルナデット自身もまた一流ということなのだろう。

なんてことを思いながら部屋を眺めていると、彼女がお茶を運んできた。

「普段は使用人にお願いしているので、なんだか新鮮ですわ」

そう言ってお茶を出してくれたベルナデットを眺める。

やはり彼女くらいとなると、メイドさんを連れてきているのだろう。

まあそれも当然、という気はする。

寮生活である程度は生活に困らないし、貴族向けの寮だということで、普通よりかなりクオリティーは高い。

しかし、ベルナデットほどになると暮らしへの要求値も高いだろうし、学院の施設とは別に専属のメイドを連れてきているということ自体が権力のアピールでもあるのだろう。

貴族社会は常に、見栄の問題があるしな。

しかし、今日はベルナデット自らお茶を淹れてきてくれた。……ということは、本格的に人払いをしているのだろう。

「それで……用件は？」

切り出すと、彼女は少し顔を赤くしてうなずいた。

「その、この前のダンジョンで、一緒に行動したときに……魔力を補充してもらったと思うのだけれど……」

「あ、ああ。そうだね」

本来なら触れることさえできないベルナデットとのえっちな行為は、はっきりいって役得でしかなかった。

彼女の爆乳に目を奪われる者は多くても、それを実際に触り、それどころかセックスできるなんてまずないことだ。

というか、彼女も初めてだったしな。

俺も途中からは、魔力の補給だってことを忘れていたくらいだし。

そのときのことを思い出すと、どうしても彼女に邪《よこしま》な目を向けてしまう。

自室だということもあってか、いつも教室で見るよりも緩んだ空気のベルナデット。

きれいさはそのままに、ちょっとした隙が見えるというのが男心をくすぐってくる。

「それで、その、わたくし、ああいうの初めてで……」

「うん……わかってる」

状況が状況だったし、彼女のほうから望んだこととはいえ、高嶺の花であるお嬢様の処女を貰ってしまっているわけで。もちろん、誤魔化すつもりは俺にもない。

でも、その件で何かあったのだろうか……？

平和な時代であるがゆえに、昔のように貞操観念ガチガチということはなく、むしろややオープンな空気のある帝国だが、上位貴族ともなるとまた別の問題があるのだろうか？

そんなことを考えてはいたが、ベルナデットから切り出されたのは、俺の予想とは反対のものだった。

「だ、だからその……そういう、目的みたいなのを抜きで、ラウルとちゃんとしてみたい、というか……」

「なるほど……」

言いながらちらりとこちらをうかがうベルナデットの表情は、恥ずかしげな女の子のものだった。

そんな顔でおねだりされたら、男として断れるはずがないのだった。

「俺としては、もちろん嬉しいよ」

「そ、そうですの!?」

彼女は喜びの表情を浮かべながら、食いついてくる。

むしろ、こちらからお願いしたいくらいなのに。

「ん、んんっ……そうですわね」

がっつきすぎたと思ったのか、彼女は軽く咳払いして取り繕った。

「それじゃ……」

そんな彼女を、俺は軽く抱き寄せる。

「あっ……」

ベルナデットは抵抗せずに、そのまま俺のほうへと身を預けてきた。

彼女を抱きしめると、存在感抜群の爆乳が俺の身体でむにゅりとかたちを変えた。

「ん、ラウルの身体……」

彼女は俺を抱きかえしてきて、そのまま背中に回した手を動かしている。

俺はベルナデットを見つめ、そっと口づけをした。

「ん、ちゅ……」

軽く唇を触れさせると、彼女がうっとりとこちらを見てきた。

俺はもう一度、今度は深くキスをする。

「ん……んむっ!?　んぅっ……」

一瞬驚いたベルナデットだったが、すぐに俺の舌を受け入れてくれた。

「んむっ、ちゅっ……れろっ……」

彼女の舌が、控えめに俺へと応えてきた。俺はその舌をさらに刺激していく。

「んぅっ……ん、んむっ……あふっ……。すごいのね。キスだけでこんな……んあぅっ……れろっ、ちゅっ……」

今度は彼女のほうからも舌を絡めてくる。

俺はその舌奉仕を受けて、さらに愛撫を続けていく。

「んむっ、ふぅ、んぁ……」

そっと唇を離すと、彼女の服へと手をかける。

「あっ、んっ……急に……だめですわ……」

彼女は恥ずかしそうにしているものの、やはり抵抗はしない。

服の胸元をくつろげると、たわわな果実を包み込むブラが現れる。

俺はベルナデットをベッドへと誘導しながら、ホックを外してブラを取り去った。

そしてそのまま、上半身を一気に裸にしてしまう。

たぷんっと揺れる爆乳おっぱい。そしてきゅっと引き締まったくびれ。どちらも最高だ。

「ん、ラウル……」

ベッドに座らせた彼女の、その爆乳に両手で触れた。

「あんっ♥」

手に収まりきるはずもない、ベルナデットの大きなおっぱいを揉んでいく。

柔らかな乳房は容易くたわみ、指の隙間からもいやらしく溢れてくる。

「ん、あぁ……」

ずっと触れていたくなるような極上のおっぱいをこねていると、ベルナデットの声にだんだんと色が混じっていった。

「今日のほうが、感じやすいみたいだな」

「だって、んっ……」

「誘う前から、期待してたからとか？」

俺が尋ねると、彼女は顔を赤くしながらもうなずいた。

「だって、ラウルが、んっ……わたくしに気持ちよさを教えてしまったから……♥」

前回の行為で、彼女はセックスにはまってしまったらしい。

これまでは知識でしかなかった快楽に触れ、家柄的にも抑圧されていた分、年ごろの好奇心が一気に吹き出してしまったのだろう。あの状況ではさすがのベルナデットも、侯爵の娘という立場から解放されていたのも大きいだろうし。

魔力の補給という目的はありつつも、ダンジョンの中でふたりきりだった。

他人の視線を気にすることのない、ただの男と女だったんだ。

それでも、俺だからこそ体を許したと言ってくれたことも、とても嬉しかったし。

「あん、ん、ラウル、んっ……」

おっぱいを揉まれて感じている彼女の姿は、とても艶めかしい。

強気でクールなお嬢様の、俺だけが知っている女としてのとろけ顔。

それは優越感となって、俺の興奮を盛り上げてくる。

「あうっ、ん、あっ、あぁ……♥」

乳房を揉みしだきながら、最高の女の子を楽しんでいく。

「そろそろ、こっちもよさそうかな」

「ん、あぅっ……♥」

俺はベルナデットを押し倒すと、おっぱいから手を離し、下へと動いていく。

そしてスカートをまくり上げていった。

「うぅっ……」

恥ずかしそうにした彼女が、顔を横へと背ける。

タイツ越しにも、彼女が濡れているのがわかった。

「脱がすよ」

俺はまず、スカートをまくったまま、黒タイツへと手をかける。

薄い生地を脱がせていくと、閉じ込められていたメスの香りが漂ってきた。

「ひうっ、ん、あぁ……♥」

「もうこんなに濡れてる。ほんとに期待してくれてるんだな」

「そんな、恥ずかしいこと……」

するするとタイツを脱がせていくと、日頃は隠れている彼女の生足があらわになってくる。

お嬢様の白い肌を軽く撫でると、ぴくりと敏感に反応した。

「次は……スカートにしようか」

俺は彼女のスカートに手をかけると、ホックを外し、そのまま下ろしていってしまう。

「あぅっ……」

先ほどタイツを脱がせた段階でもう、愛液がしみだしているパンツは見られてしまっている。

けれど制服のスカートを脱がされるのは、また違った恥ずかしさがあるのだろう。

めくれるだけとは違い、こんなときでないと他人に脱がされたりはしないしな。

そのままスカートを脱がせると、ベルナデットが身にまとっているのは、いよいよパンツだけになってしまう。それもすでに蜜に濡れ、秘めた部分のかたちを浮かび上がらせてしまっていた。

本来ならそこを隠すための存在なのに、かえって下にある割れ目を強調しているかのようで、とても淫靡だ。

「う、ラウル、そんなにじっくり見ないでください……」

熱い視線を受けて、彼女が恥ずかしそうに言う。

そんなふうに言われると、かえって注目してしまうものだ。

俺は最後の一枚である下着に手をかけた。

「あぅっ……ん……」

恥ずかしさから足を閉じようとするが、そっとその内腿に触れてむしろ開かせていく。

「んぅっ……」

そしてするすると、それ自体も楽しみながら下着を下ろしていった。

「あぁ……ラウル、んっ……」

うるみを帯びたおまんこが現れ、彼女が恥じらいの声をあげる。

服を完全に脱ぎ去り、生まれたままの姿になったベルナデット。

お嬢様を全裸にしたのはこれが初めてだ。その美しい姿に、俺の視線は釘付けになった。

「そんなに、んっ……」

普段はきりっとしている表情も、羞恥と期待で緩んだものになっている。

服の上からでも常に主張するたわわな爆乳が、今は遮るものもなく、たぷんっと存在感を放っていた。そこからきゅっと締まるくびれがあり、そして彼女の秘めたる場所が、愛液を溢れさせながら俺を待っている。

その姿に我慢できなくなり、俺は服を脱ぎ捨てる。

「あっ……♥　ラウルも……♥」

すでにそそり勃っている肉棒を目にして、彼女から喜びの声が漏れる。

ベッドの上に寝そべった彼女が肉棒を見上げている様子は、かなりそそる。

「いくぞ」

「はいっ……」

俺は彼女の足を広げさせる。ぐっと足を正常位のための位置にすると、中央の割れ目も薄く花開いた。まだまだ可憐なおまんこが愛液を溢れさせながら、ひくひくと蠢いてこちらを誘っている。

気持ちよさそうなお嬢様の秘部へと、肉竿をあてがっていく。

「あんっ♥　あっ……」

膣口に触れただけですぐに、蜜が亀頭を濡らしていった。

「あふっ、硬いのがあたって、んっ、わたくしの中に……♥」

俺はそのまま、ゆっくりと腰を押し進めていく。

「ん、くぅっ……！」

ぬぷり、と肉棒が膣内へと飲み込まれていく。まだ二度目だということもあり、セックスに不慣れな膣内は狭く、悶えるように肉竿を締めつけてきた。

「ん、あふっ、あぁ……」

ベルナデットは色っぽい声を漏らしながら、肉棒を受け入れていく。

俺はそんな彼女をあらためて眺《なが》めてみた。一糸まとわぬ姿で、俺のモノを咥えこんでいる美少女。

帝国でも有数のお嬢様であり、高嶺の花であるベルナデットが、その魅惑的な身体を赤裸々にさらして、男の肉棒を受け入れているのだ。

「んっ、そんなに見つめられると恥ずかしいですわ……」

彼女は軽く目をそらしながら言った。それでも、俺はまっすぐに彼女を見つめる。

恥ずかしがる彼女はとても魅力的だし、そうして恥じらうのに合わせて、おまんこがきゅっと反応していた。恥ずかしがりながらも、感じているのだ。

「うぅ……」

ちらちらとこちらを確認する彼女はとてもかわいらしい。

俺はそんなベルナデットを楽しく観賞しつつ、ゆっくりと腰を動かし始めた。

「あっ、ん、くぅっ……♥」

艶めかしい声が彼女から漏れる。理由のあった前とは違い、ただただ快楽を求めて繋がる行為に、彼女は大きな快感と羞恥を抱いているようだった。

「あぁ……♥　わたくし、ん、あぁ、ラウルと、んぁっ！」

腰を動かしていくと、彼女の声が大きくなってくる。

「ああ。今はただのセックスだ。魔力補給でも子作りでもなく、お互いが気持ちよくなるためだけのセックスだよ」

「あふっ、ん、あぁ……♥　そうですわね。あうっ……」

あらためて口にすると、彼女は恥ずかしそうにうなずいた。

そんな彼女の足をつかんだまま、俺は腰を振っていった。

「んはぁっ♥　あっ、ああっ！」

じゅぷっ、ぬぷっと肉棒が往復すると、彼女が嬌声をあげていく。

膣襞がこすれ、気持ちよさが増していった。

「あぁっ♥　ラウルの、んぁ、あぁ……おちんぽが、わたくしの中を、ズブズブと……んぁ、あっ、あああっ♥」

ピストンのたびにベルナデットがはしたない声を漏らしながら、感じていくのがわかる。

おまんこがきゅっとしまり、肉棒をしっかりと味わっているようだった。

「あぁ……♥　わたくし、こんな、んぁ……！　裸で、おちんぽに貫かれて……あふっ、ん、あぁっ……♥　こんなこと……いけませんのに……♥」

「そうだな。お嬢様がはしたないぞ……ほら、奥まで！」

「んはあぁぁっ♥」

ぐっと一気に腰を突き出すと、膣道の奥まで肉竿がしっかりと突いていき、ベルナデットが大きく喘いだ。

「あふっ、んぁ、あぁ……。わたくしの中、ラウルのおちんぽでいっぱいですの、んぁ、そこ、あっ、あぁっ……！」

「う、ぐっ……すごいキツさだよ」

感じるのに合わせて、おまんこが肉棒を刺激してくる。

その気持ちよさに突き動かされるまま、俺は腰を振っていった。

「あっあっ、ん、あふっ……！」

ピストンに合わせて彼女の身体が揺れ、その爆乳も弾んで目を楽しませてくれた。

お嬢様が大胆に乱れる姿は、俺の胸を熱くさせる。

決してだれも見ることのない、ベルナデットが隠し持つ女の顔だった。

「あぁ♥　ん、あふっ、あっ、わたくし、んぁ、おちんぽで突かれると、あぁ……♥　気持ちよく、んぁ、なってしまう……ああっ！　こんなに……いいなんてぇ♥」

嬌声をあげて乱れていく彼女。

俺はさらに激しく腰を動かし、そのメスの穴をかき回していった。

「んはぁあっ！　あっあっ♥　まって……んぁ、あぁぁ……！　すごいのが、んぁ、来ちゃうっ、これ、あっ、あぁ……！」

「べ、ベルナデット、うぁ……」

急激に膣内がぎゅっと締まり、ペニスを絞り上げてきた。ベルナデット自身の絶頂が近づき、メスとしての本能が精液を搾り取ろうとしているのかもしれない。

「く、あぁ……」

「んはっ♥　あっ、だめっ、わたくし、もう、あっ、あぁっ！」

もう夢中になって、はしたない声をあげながら感じていく彼女。

俺も欲望のままに腰を動かし、最高の蜜壷を犯していく。

「ああっ♥　だめ、もう、んぁ、ああっ！　わたくし、んぁ、イクッ！　イッちゃいますわっ♥　あっ、あぅっ！」

「くっ、俺も……もう」

精液がこみ上げてくるのを感じる。目の前で乱れるお嬢様の膣内に、このまま思いっきり中出しがしたい。そんな欲望が膨らみ、我慢できずに腰を振っていった。

「あ、んはぁぁっ♥　んおぉっ、あふっ。わたくしの、んぁ、中でっ……！　おちんぽ、膨らんで、あ、ああっ！」

その腰振りを受けて、ベルナデットが身もだえていく。

こんなにも感じて乱れてくれると、男冥利に尽きるってものだ。

「んはあぁつ♥」　あっあっ♥　だめ、もうっ、んぁ、ああっ！　わたくし、イクッ、イクイクッ！

んくうううぅぅぅっ♥」

「うあっ……！　出るっ！」

びゅくんっ、びゅるるるっ！

彼女の絶頂に合わせて、俺も射精した。

「んあぁぁぁぁっ！　あっ、熱いの、出てるっ……♥　あっ、あふっ……！」

絶頂おまんこに射精されて、彼女がさらに嬌声をあげた。

うねる膣襞が肉棒を絞り上げてくる。俺は欲望のままに、ベルナデットの子宮へ向けてしっかりと精液を注ぎ込んでから、肉棒を引き抜いていった。

「んぁ、あぅっ……♥」

ぐぽっ、と卑猥な音をたてながら肉棒が抜けると、彼女の膣口から混じり合った体液があふれ出してくる。

高貴なお嬢様のおまんこから、俺の白濁液が流れ出している姿はとてもエロい。

俺は絶頂の余韻でまだぼーっとしているベルナデットを眺めた。

「あふっ……ん、あぁ……♥　ラウル♥」

「ああ、すごく気持ちよかったよ」

彼女の呼びかけに答えると、ベルナデットは幸せそうな顔をした。

「わたくしも、とても気持ちよかったですわ……♥」

「それはよかった。誘ってもらったかいがあるよ」

単純な快楽ももちろんそうだろうが、ただの男女として俺と触れ合うことで、思うところもあったのだろう。ベルナデットはとても満足そうだ。

俺はそんな彼女の隣に倒れ込み、ぎゅっと抱きしめたのだった。

# 第四章　新しい生活

まだ故郷にいたころの話だが……。

俺の人生が大きく変わったのは、言うまでもなくレリアと出会ったからだった。

俺の能力は精霊と出会ってこそ、初めて意味が生まれるスキルだ。

レリアとの偶然の出会いによって才能ある魔法使いとされ、学院に招待されたことで、魔法使いとしての運命が一気に動いたのである。

そしてなにより単純に、レリアと出会ったことで俺の日常はとても華やかになった。

元々はごく普通の、さえない魔法使い見習いだった俺だ。

それがレリアのような元気で明るい美少女と毎日一緒に過ごすことになったのだから、それだけでもすごいことだろう。

そらからずっと、俺の朝は彼女に起こされるところから始まっている。

「朝ですよー、ご主人さまー。えいっ」

今日もまた、彼女が俺のベッドへと潜り込んでくる。

最初の声でうっすらと目を覚ましてはいたのだが、その心地いい呼びかけと、ベッドへ入り込んできた彼女の体温で再び眠りに落ちそうになってしまう。

「ほらほらラウル、起きないと遅刻しちゃうよ」

しかし彼女は俺に抱きついてくるばかりで、本格的に起こそうとはしてこない。

おそらく、まだ時間に余裕があるのだろう……。

なんてことをぼんやりと考えながらまどろんでいると、レリアが次の動きを見せる。

「なかなか起きないみたいだし……もう元気に起きてるこっちにかまってもらおうかな……」

彼女は俺の股間へ、そっと触れてくる。この大胆な行動は、レリアと体でも結ばれて以降の、新しいコミュニケーションだ。

「早起きできて、えらいえらい」

つぶやきながら朝勃ちの股間を、ズボン越しに撫でてくる。

その刺激の気持ちよさで俺の目も覚めていく。

「起きないなら、もっとかわいがってあげるね。こうやって」

「うっ……」

彼女はズボン越しに肉棒を握ると、そのまま手を動かしてくる。

「あ、ラウルも起きたね。おはよう」

そう言いながらも、彼女はまだ肉竿を刺激してくる。

「も、もう起きたから。ほら」

小さな手が肉棒をしごいてくると、ズボン越しということもあり、もどかしいような気持ちよさが湧き上がってくる。

「えー、でもこっちはもっとしてほしいって言ってるよ？」

実際に気持ちいいし、このまま続けてもらうのも悪くはない。

だが、それは今日が休日だったときの場合だ。

「それこそ遅刻するだろ」

「はーい」

レリアはようやく手を離して起き上がる。

そんなふうにして始まるいつもどおりの朝は、昔では考えられないほど幸せなものだ。

まあ、レリアのような美少女と一緒に暮らしていると、欲望もどんどん溜まってしまうが……。

そのあたりも、最近は夜にしっかりと応えてくれる。

むしろレリアのほうが、えっちなことをますます覚えて楽しんでいるように思える。

成長する彼女に、完全に押されそうな勢いだ。

俺は欲望をなんとか収め、そそくさと身支度を終えると、レリアとともに学院へと向かった。


席について授業の始まりを待っていると、教室中の空気が一瞬、引き締まった。

入口を見れば、入ってきたのは教師ではなくベルナデットだ。

成績優秀で、家柄も文句なしの高位貴族で、誰もがうらやむクール美女。

そんな彼女は教師以上に生徒たちから一目置かれており、場の空気を支配してしまうのだった。

やはりこうして客観的に見ていると、ベルナデットは高嶺の花であり、別の世界にいるんだなという気がしてくる。

そんなふうに考えていたけれど、当の本人は迷わずこちらの席へとやってきた。

「おはようございますわ、ラウル」

「ああ、おはよう」

こうして彼女が俺に声をかけてきても、今ではもう、周囲は特別には反応しない。

これもまた、すっかりと日常的な光景になっていたからだ。

俺の隣の席に来たベルナデットは、先ほどまでのような孤高の優等生という感じではなく、柔らかな表情を浮かべる女の子だった。

「どうかしましたの？」

俺の視線に、彼女が首をかしげる。

「いや、隣に来た途端、表情が変わったなと思って……」

先ほどまでは一匹狼感が強かったのに、今はとてもにこやかにしている。

元々が派手で、キツい印象を与えがちな美女なのだけれど、表情でかなり変わるものだな。

「それは、その……」

彼女は少し顔を赤くすると、声を落として俺の耳元で言った。

「す、好きな殿方の近くにいれば、表情も緩んでしまいますわ」

そんなふうに言われると、どきりとしてしまう。

クールな印象の彼女がデレると、その破壊力は普段とのギャップの分、かなり強大だ。

ベルナデットとこんな関係になれるなんて、ちょっと前までは考えられないことだった。

それも、今ではすっかりと俺にデレている様子の彼女。

あらためて体の関係になってから、俺たちは周囲も認める、こんなふうな付き合いになっている。

このことはとても嬉しい状況なのだが、問題がないわけでもない。

俺を取り巻く環境は、ベルナデットとの交際でまた少し変化してしまっている。

かわいらしくなったベルナデットとの談笑に少し緊張しつつ、授業が始まるのを待つのだった。


俺に関する周囲の変化。それはとくに害があるというわけではないが、目立たない生活を目指す俺には、無視できない方向ではあった。

フラヴィのような研究者たちからの注目度が高いこと。

そして、特別な精霊であるレリアと契約していること。

そこにさらに、侯爵家の娘であるベルナデットとの関係まで加わって、俺はこの学院の異端的な存在として、すっかり注目されるようになってしまった。

とても優秀で美人だが、気難しいお姫様といったイメージだったベルナデットと仲良く一緒にいるのは、生徒たちにとっても大きなインパクトだったみたいだ。

まあ俺からしても、ベルナデットがこんなにもデレて、毎日いちゃいちゃしてくるというのは十分に驚きだったわけだけれど……。

ともあれ、俺はいつの間にかハーレム生活を送っている。

レリアは朝のような調子だし、フラヴィとの協力関係は続いている。

そして、大胆になったベルナデットもまた、遠慮なく俺を求めてくるのだ。

美女たちに求められるのは男冥利に尽きる話で、もちろん嬉しい。

しかしここまで幸運が続くと俺のような平凡な男には、なんだかこれは、ぜんぶ夢なんじゃないかというような気がしてくる。

そうは思っていても……。

今日もまた、俺のハーレム生活は新たな段階へと進んでしまうのだった。


夕方になり、俺のところにフラヴィが訪れてくる。授業と研究室以外で会うのは珍しい。きれいなお姉さんである彼女だが、普段の姿はいつも気だるげだ。しかし今日はそれとは違う、イキイキと目を輝かせたような感じで話し始めた。

「ねえねえ、ラウルくん！」

「ん、どうしました？」

「レリアちゃんって、素直でかわいいわよね」

「え、ええ……そうですね」

そのことには同意するが、話の流れが見えない。なぜそんなことを聞いてきたのかと疑問に思った俺だが、フラヴィの好奇心とエロの混じった目を見て用件を察した。

「ふたりで一度、いっぱいかわいがってみたいと思わない？」

当初は、レアな精霊としての彼女に興味を持っていたフラヴィだが、いまでは研究対象というより、レリアと友人のように仲良くなっている。

そのうえ、研究一筋という感じで、俺と経験するまでは処女だったほどのフラヴィだが、ベルナデットと同じように、すっかりえっちなことに興味津々になってしまっていた。

つまりどういうことかというと、仲良しの美少女であるレリアとも、そういうことをしてみたいようなのだ。ことあるごとにその欲求を臭わせてはいたが、とうとう痺れを切らして、直接俺に言ってきたというわけだな。

一度興味を持ってしまうとどうしても諦めきれなくなる。そんな研究者気質が欲望と合わさって、今のフラヴィの頭の中を支配しているようだった。

かわいい年下の女の子を狙う、えっちでいけないお姉さん、とでもいうような表情になっている。

だが……そんなフラヴィも魅力的だと俺は思った。それならば……。

「そうだなぁ……」

えっちなお姉さんが、嫌いな男はいないだろう。

というわけで、俺はフラヴィの誘いに乗ることにしたのだった。

「ふ、ふたりともどうしたの？」

部屋に呼び出されたレリアが、俺たちふたり分の熱い視線を受けて戸惑ったような声を出した。

「今日は……三人でしようと思って呼んだのよ」

フラヴィが率直にそう言うと、レリアは少し驚いたようだが、すぐにうなずいた。

「ふーん。いいよ、それも良さそうだね」

基本的にえっちなことが好きで、人間の行為に好奇心旺盛なレリアは、すぐに話に乗ってきた。

自分でも積極的に勉強しているという彼女だ。こういったシチュエーションにも、興味があったのかもしれない。同意を得たので、今日はフラヴィとふたりでレリアを責めていくことにする。

「それじゃ、さっそくね♪」

フラヴィはテンション高めにレリアに近づくと、その服を脱がせていく。

「もう、フラヴィったら。じゃあわたしも、んっ」

それに応えるように、レリアもフラヴィの服へと手をかけていった。

美女ふたりが服を脱がせ合う姿を、俺は楽しく眺めていく。これはなかなかにいい光景だな。

「あんっ、フラヴィ、くすぐったいよっ……」

「レリアちゃんってば、すごいお肌がすべすべなのね」

「あっ、ちょっと、もうっ」

美女ふたりがいちゃついている姿は微笑ましくもあるが、どんどん服がはだけていくのは艶めかしくて、部外者でいることがもどかしい。

「もう、えいっ」

「あんっ♥」

レリアもお返しとばかりにフラヴィの服を脱がせ、白い肌を撫でていく。

自分が責めているときは勢いのよかったフラヴィも、受け身になると弱いようだ。

そうこうしているうちに、彼女たちはすっかり服を脱ぎ終えて、裸でいちゃついている。

「ほら、ラウルくんも、こっちこっち」

百合っぽい光景を眺めているとやっと声をかけられて、俺もベッドへと向かう。

そして裸のふたりが、今度は俺へと寄り添ってきた。

「さ、それじゃラウルも脱がせちゃうね、フラヴィ」

「そうね。ふたりでのご奉仕も、いろいろ覚えましょうね♥」

「……おお、そうくるか。たしかに、これからはこういうのもいいな」

彼女たちのそれぞれと身体を重ねる機会は増えているが、同時というのはなかった。

けれどこの感じだと、そういう日が増えてもけっこう良さそうだな。

まあ、俺の体力次第という気もするけれど。

そんなことを考えている内に服を脱がされ、俺も裸になる。

そのまま彼女たちの豊かな胸へと、手を伸ばしていった。

「あんっ♥」

むにゅり、と柔らかな感触に指が沈んでいく。

俺はそのまま、片手ずつでふたりの胸を揉んでいった。

「んっ、ふぅっ……」

柔らかくも弾力のあるおっぱい。それ自体気持ちがいいものだが、ふたりの美女に同時に触れているという満足感がさらに俺を盛り上げていく。

「ラウル、んっ……」

「今日はすっごい、えっちな手つきしてるのね♪」

もにゅりとおっぱいを揉んでいると、ふたりは色っぽい声を漏らしていく。

三人でだという状況に、彼女たちも興奮しているのかもしれない。

もちろん、両手に花の状態の俺はもっとだ。

むにゅむにゅと柔らかなおっぱいに触れながら、ふたりを抱き寄せていった。

「なんだか、一緒にするってドキドキするね」

「レリアちゃんにかわいいこと言われると、私もドキドキしちゃう」

そんなことを言いながら、フラヴィもレリアの胸へと手を伸ばしていった。

「んぁっ……！」

あいていたほうの乳房に、フラヴィの指が沈んでいく。

「もみもみー♪」

「あっ、やっ、んっ……」

そしてそのまま、楽しそうに手を動かしていくのだった。

フラヴィの細い指がレリアのおっぱいに食い込み、変形させていく。

俺よりも指が小さく細い分、繊細な愛撫ができるのかもしれない。

「おっぱいって、むにゅむにゅで気持ちいいわよね」

「あぅっ、フラヴィ、んっ……あんっ♥ ラウルも、乳首いじるの、だめぇっ……！」

フラヴィの愛撫に気をとられていたレリアの、ちょんと立った乳首を指先でいじり回すと、それまでよりも敏感に反応した。

しばらくは、ふたりがかりでレリアの胸を責めていく。

「あっ、もう、ふたりとも、んっ……」

その魅力的なおっぱいを刺激されて、レリアの声がどんどん艶めいていく。

「わ、わたしだって、んっ……えい」

「あんっ♪」

そんなレリアも、フラヴィの胸へと手を伸ばし返した。

「あふっ、ん、あぁ……レリアちゃん……」

「やっ、ふたりとも、んっ……えっちすぎ」

掌で感じるおっぱいの感触は素晴らしい、美女たちが互いの胸を愛撫している光景もとてもいいものだ。俺は三人でのプレイを心から楽しんでいた。

「あうっ、ラウルだけ平気でずるいよ、んっ……」

レリアがそう言って、こちらへと目を向けてきた。

「そうか？」

「ひゃうっ♥」

俺はとぼけながら、彼女の乳首をきゅっとつまむ。

するとレリアが敏感に反応し、それを見たフラヴィもレリアの乳首を責め始めた。

「こういうの、気持ちいい？」

「あぅっ、やっ、だめっ……。ふたりで、そんなに乳首ばっかり、んぅっ！」

そうやってふたりで胸を責めていると、レリアのアソコがどんどん濡れてきた。

「あぅっ、ふたりとも、んぅっ……」

「あっ、んっ……」

乳首をいじられていたレリアが、お返しとばかりにフラヴィの乳首もいじり始めた。

それに合わせて、俺もフラヴィの乳首を指先で転がしていく。

「んぁっ、あっ、私まで、んぅっ！」

「フラヴィも、もっと感じてよ。あふっ、んっ……」

「あっ、やっ、んぅっ……♥」

両乳首を責められて、フラヴィが色っぽい吐息を漏らしていく。

教師としての立場などどこにも感じさせず、ノリノリで楽しんでいるフラヴィ。普段の知的な様子もいいが、こうしてエロくなった彼女も艶めかしくてそそる。

「あうっ、んぁ、レリアちゃんも、んぅっ……♥」

「フラヴィもかなり敏感なんだね♪　ひゃうっ♥」

一瞬だけ優位になったように見えたレリアだったが、すぐにまたお返しの愛撫によって嬌声をあげてしまう。俺はそれぞれの反応と、柔らかなおっぱいを存分に堪能していくのだった。

「あふっ……ん、あぁ……♥」

「あうっ、ん、あんっ……」

しばらくそうして愛撫を続けていると、彼女たちが完全にとろけていった。じっくりとおっぱいを愛撫されて、気持ちよくなった証がふたりのおまんこからとろとろと流れ出している。

「あふっ、あぁ……♥　ラウル、んっ……」

「ね、レリアちゃんもすっかり気持ちよくなってるみたいだし、そろそろ、ね？」

「ああ。それに、フラヴィだってかなり感じてるみたいだしな」

「ひゃんっ♥　あっ、んぁ……」

くちゅりとアソコに手を差し込むと、フラヴィがかわいらしい反応をした。

「ふたりとも、おいで」

俺は彼女たちから手を離し、ベッドに仰向けに寝そべる。するとふたりは、そんな俺へとすぐに近づいてくる。

「レリアちゃん、ほら」

「んっ……」

こうして下側からふたりを眺めるのも、かなりの絶景だ。

もうすっかりと濡れたおまんこが無防備にさらされている。

異性を求めて薄く口を開けているそこはとてもエロく、俺も早く挿れたくてうずうずしていた。

そしてやはり気になるのは、大迫力のおっぱいだ。

ふたりとも巨乳であるため、こうして眺めても下からでは顔が見えないくらいだ。

彼女たちが俺をのぞき込むために前かがみになったので、ようやく顔が見えてくる。

その表情ももうとろけており、スケベなメスの顔になっていた。

そんなふたりを同時に見上げるアングルは、とても素晴らしい。

「ラウルくん、すっごくえっちな目になってるわよ？」

嬉しそうに言いながら、フラヴィが笑いかける、

「でも、下から見られるのって、すっごく恥ずかしいわね……」

「ああ、大事なところまあでバッチリ見えてるからな」

「あぅっ……♥」

フラヴィは手で秘部を隠すようにしながら、一歩後ずさる。

大人のお姉さんである彼女のそんな恥じらいの姿は、俺をますます興奮させていく。

「ほら、フラヴィ、こっちに。俺の顔のところに来て」

「う、あぅ……」

「じゃあ、わたしはこっちをだね、んっ……」

レリアが俺の股間へとまたがってきて、肉棒をつかんだ。

そしてそれを、自らの膣口へと導いていく。

「ほら、フラヴィも」

「う、うん……」

羞恥にもじもじとしながらも、フラヴィが俺の顔へとまたがってきた。

愛液でぬらりと光るその割れ目が、俺の顔へと近づいてくる。

腰を下ろすために足を広げていくと、それに合わせておまんこもくぱぁっと広がっていった。

ピンク色の内に、物欲しそうに震える襞《ひだ》が見える。

それが目の前に迫ってくるのは、とても卑猥でそそる光景だ。

「あっ♥ ん、んぅっ……」

そしてついにフラヴィの秘裂が、俺の顔に乗ってくる。

「あ、あぁ……♥」

恥ずかしそうにしながらも、彼女も喜んでいるのがわかった。

「あふっ、ん、あぁ……♥ おちんちん、ん、入ってきてるっ……」

それと同時にレリアも腰を下ろし、そのおまんこに肉棒を納めていった。

うねる膣襞がじゅぶりと肉棒を咥えこんでいく。

「あふっ、ん、あぁ……」

俺のチンポをしっかり挿入したレリアが、ゆっくりと腰を動かしていく。

「ん、あぁ……」

膣襞が肉棒をこすり上げて、ゆるやかに動いている。

その最高の気持ちよさに浸っていると、レリアの嬌声が聞こえてきた。

「あふっ、ん、あぁ……♥　そこ、ん、あぁっ！」

フラヴィのほうも徐々にこの状況に慣れてきたのか、そっと動き始める。

「ふふっ……ほら、敏感な乳首、触ってあげる」

「あっ、ん、やぁ……だめ、だよぅっ……♥」

レリアが声をあげたのと同時に、膣内がきゅっと締まった。

聞こえてくる言葉から察するに、どうやらフラヴィが胸を責めているようだ。

彼女たちの身体が俺の上で小さく動く。

余裕を取り戻したみたいだが、フラヴィのおまんこは俺の顔の上だ。

「レリアちゃんのおっぱい、お姉さんがいっぱいかわいがって——ひゃんっ♥」

舌を伸ばしてクリトリスをいじると、フラヴィがぴくんと反応した。

「あぅっ、ん、あぁ……♥」

悶える彼女のアソコをなめ回していく。

「あんっ、あっ、あぅっ……♥」

すると、もっともっととおねだりするように、おまんこを俺の顔へと押し付けてくる。

そんな彼女の足をつかんで固定し、秘裂を舌先で愛撫していく。

それと同時に、腰を動かしてレリアも責めていった。

「ひうっ、あっ、ラウル、んぅっ！」

突き上げられたレリアが、かわいい声を漏らしながら身もだえる。

俺はそのまま、肉棒と舌でふたりを責めていった。

「あふっ、ん、あぁ……レリアちゃん、えいっ」

「ひうっ、んぁ、ああっ♥」

「ほら、たぷたぷのおっぱい、あんっ♥　もっと感じさせてあげる♪　んぁっ……！」

「ひうっ、あっ、だめぇ……そんな、ふたりがかりで、んぅっ！」

ふたりとも俺の上で感じているが、直接挿入されているレリアよりも、フラヴィにはまだ余裕があるようだ。

彼女はさらに、レリアを責めているようだった。

「あうっ、んだめぇっ……♥　あっ、んぁっ」

「うおっ……」

フラヴィの愛撫によって、俺が予期せぬタイミングでレリアが感じ、膣内がきゅっと締まる。

その刺激に思わず息が荒くなると、今度はフラヴィが身もだえた。

「ひゃうっ、あぅっ……。そんなに、あぅっ……おまんこでもぞもぞされたらっ♥　んぁっ……！」

フラヴィは喘ぎながらも、俺の顔にまた秘裂を押しつけてきた。

負けじと肉棒と舌で、彼女たちへ刺激を送っていく。

「ひうっ♥　んぁ、あっ！」

「あぁ……♥　ん、あうっ！」

自分の上で感じている美女ふたり。このシチュエーションへの興奮と、レリアのおまんこによる絞り上げで、俺もどんどんと高められていく。

「あぁっ……！　ん、あぅっ！」

「ラウルくんっ、そこ、あっ、あぁっ！」

腰と舌を動かしながら、俺は精液がこみ上げてくるのを感じていた。

「あはぁっ♥　んぁ、ああっ……！　ラウル、んぁ、わたしっ、あうっ、イっちゃう……！　んぁ、あぁっ！」

「ひうっ、そんなに、クリトリスぺろぺろしちゃだめぇっ♥　あっ、んぁ、あうっ……！　ん、くうぅっ♥」

「んむっ……！」

敏感な淫芽をいじられて、フラヴィがぐいぐいとおまんこを押しつけてきた。

愛液をとめどなく溢れさせている蜜壺が、メスのフェロモンで俺を包みこんでいく。

「あっあっ♥　んはぁっ！　イクッ！　私、イっちゃう……！　ラウルくんっ、あ、もっと、そこ、あっ、んはぁぁぁぁっ！」

身体を大きく弾ませながら、フラヴィが絶頂する。

ぷしゅっと潮を吹くようにしながらイった彼女が、そのまま俺の上で力を抜いていった。

しかしまだ、気を抜くことはできない。レリアの膣襞が精液をねだりながら、肉棒を締めつけて

くる。

「んはぁっ♥　あっ、あぁ……！　ラウル、んぁ、あんっ♥　あ、イクッ！　イクイクッ、イックウウゥウゥッ！」

「う、あぁ……！　くっ、もう」

レリアが絶頂を迎えたようで、膣道がぎゅっと収縮する。

蠕動する膣襞が、肉棒をめいっぱいまで絞り上げてきた。

「うっ、俺も出るっ！」

びゅくんっ、びゅるるるっるっ！

その激しい絶頂の締めつけに耐えきれず、俺も即座に射精する。

「んはぁぁあっ♥　あっ、熱いせーえき、びゅくびゅく出てるっ……♥　あっ、わたしのなかに、いっぱい、ん、あぅっ♥」

レリアは気持ちよさそうに言いながら、精液を受け止めていった。

お尻を押しつけ、最後までしっかりと搾り取った後で、やっと満足したのか腰を上げていく。

それに合わせて、フラヴィも俺の上からどいていった。

「あぅっ、結局、私が最初に気持ちよくなっちゃったじゃない……」

レリアをかわいがるという、当初の自分の予定と違ったフラヴィが恥ずかしそうに言う。

「でも、気持ちよかっただろ？」

「そ、そうだけどっ！」

指摘すると、さらに恥ずかしそうにする彼女がかわいらしい。

「あぅっ、わたしだって、いっぱい責められっぱなしだったよ」

レリアがそう言って、少し目を光らせた。

「そうだ、今のフラヴィなら……」

「ちょ、ちょっと、あんっ」

レリアが襲いかかり、フラヴィが押し倒される。

「ほら、ラウルも」

声をかけられて、俺もふたりの上へと覆い被さっていった。

「あんっ、もうっ、んっ……」

女同士ふたりの仲が良いのは、ほんとうに喜ばしいことだ。

三人で存分にいちゃつきながら、俺たちは長い夜を過ごしたのだった。

●

そんなふうにすっかりとハーレムな状態も普通になり、俺の学院生活は続いていた。

俺は三人の美女たちと幸せに過ごしつつ、一応は学生の本分として授業にも出て、ちゃんと単位もとっている。特段真面目という訳ではないが、まあそれなりってやつだ。

とはいえ貴族に取り入るでもなく、冒険者も目指さず、特待生として目立とうともしない俺は、この帝国最高の学院では変わり者のままではあったが。

今日もいつものように教室移動をしていると、遠くから騒がしさが近づいてきた。

誰かが叫んでいる声に合わせて、生徒たちがぐちゃぐちゃに走り回っている。

普段から授業の合間は賑やかだし、多くの生徒が思い思いに移動する様子は統率がとれているとは言いがたい。けれど今日は、どうやらそれ以上に混沌としているようだった。

そのぐちゃぐちゃの人波は、こちら側へと向かってきている。

それが近づくにつれて、叫んでいる内容がわかるようになってきた。

どうやら一番声を張っているのは教師で、生徒たちに避難を促しているようだ。

「学院内の資料用モンスターが逃げた！　生徒はなるべく寮のほうへ避難するように！　特に下級生は上級生などと一緒に行動しなさい！」

そんなふうに伝えながら、急いで駆けていく。

「こんな大事件、初めてだね」

レリアは驚いたようにそう言った。

この学院は最高峰の研究機関で、貴族の子女も多く集まる場所だということで、大きな問題が起こることはとても少ないのだ。

それがこの前のダンジョンでの遭難騒ぎに続いて、このモンスターの逃走劇とは……学院運営側の先生たちは頭が痛くなりそうだな……。

「こんなこと、いままでなかったしな」

「研究用に捕獲されていたモンスターとなると、強さにばらつきがありますわよね」

いつのまにかやって来たベルナデットも、少し心配そうだ。

優秀な生徒としていろんな先生とも関わりがあるため、俺たちよりも内部事情に詳しいからこそ、心配なのかもしれない。

「初心者向けの訓練用なら、多くの生徒にとってたいしたことはないが……研究用のモンスターだと危険なのもいそうだな」

「そうですわね。ここはいろいろな研究をしてますし」

俺はフラヴィにお世話になっているため、魔石や魔道具といったものの研究施設しか見ておらず、モンスターを扱う系統のことは知らない。

けれど、最高峰の研究機関だということは、集められるモンスターの中にはレアな——そして強力なものもいるのかもしれない。

さすがに、本当に危険な上位のモンスターを捕獲しているということはないだろうが、それなりに強い魔物というだけでも、戦闘に不慣れな多くの生徒にとっては脅威だ。

「わたくしの知る範囲でも、街に放ってはいけないレベルのモンスターは、十分いますわね」

いざとなればもちろん、それを処理できるレベルの教師はいるということだが、生徒に被害が出てからでは遅い。

「ともかく俺たちは指示通りに、寮に避難しておくか」

「そうですわね」

危険なモンスターの討伐は、専門の職員が組織的に行うだろう。

俺たち生徒は言われたとおり避難しておいたほうが迷惑にならない。

というわけで、レリア、ベルナデットとともに寮を目指していく。

ここは学院部分の敷地もそれなりに広いため、結構な距離だ。

生徒たちはぽつぽつといくつかの集団になりつつ、同じように寮へと向かっている。

俺たちもその一つに混じり、十人くらいで寮を目指していった。

「あっ、ベルナデット様！」

女生徒のひとりが嬉しそうな声をあげる。

さすがにこのタイミングで、彼女のファンだというだけでの喜び方ではないだろう。

おそらく、トップクラスの魔法使いであるベルナデットが心強いからだ。

「実際のところ、ベルナデットが知ってる範囲だと、どうなんだ？」

小声で彼女に尋ねてみる。

「多分、ラウルやレリアと三人でなら問題ないと思いますわ。ただ……」

彼女はチラリと一緒に走る生徒たちや、少し前を行っている生徒へと目を向ける。

「これだけ生徒が多くいる中で、全員を守りながらとなると……」

「ああ、なるほどな……」

周りの生徒たちの実力はわからないが、見たところ下級生らしき子も結構いる。

研修などでモンスターに触れたことのない子たちは、モンスターが出てくれば当然びびってしまうだろうし、パニックになるかもしれない。そうなると上手く守るのはかなり難しいだろう。

そうなったらもう、なるべく早くモンスターを倒すくらいしか思いつかない。

渡り廊下を抜けていくと、校舎の後ろから何かを破壊するような音が聞こえてくる。

それもちょっとしたものじゃない、壁を打ち壊すような轟音と、獣の雄叫びだ。

「ひうっ！」

その音に、先ほどベルナデットに話しかけた女生徒が思わず声をあげた。

「大丈夫ですわ、そのまま走って」

「は、はいっ！」

ベルナデットに叱咤されて、彼女は勢いよく走っていく。

「まずいですわね」

女生徒を先に行かせ、後ろを警戒するように少しペースをおとしながら、ベルナデットが言った。

「やばそうなのか？」

博識な彼女は、先ほどの鳴き声で種類がわかったのかもしれない。

「ええ。あの鳴き声はおそらくアームベアーですわ。校舎の壁を破壊しているように、かなり怪力のモンスターですわ」

「なるほどな……」

頑丈なここの校舎を破壊するほどとなると、この前入ったダンジョンのモンスターよりもかなり強力な部類だ。それこそ、討伐専門の冒険者たちなら難なく倒せる相手ではあるのだろうが……。

生徒のほとんどにとっては充分に危険だし、教師でも戦闘向きのタイプではないと危ないレベルの相手なのだろう。

「でもあの音からすると、こっちに来てるよな」

「おそらく、逃げる気配を察知して追ってきてるのですわ」

アームベアーにとっては、人間も狩りの獲物というわけだ。

「校舎内に残ってる生徒も、まだいるんだろうか」

「どうでしょう？　でも、さきほどの教師たちが、逃げ遅れた生徒を積極的に避難させているとは思いますが」

「それならいいが……」

「わたしが、ちょっと見てこようか？」

レリアが横から言った。

「いや、危ないし……。レリアが行っても、かえって下級生は混乱するかもしれないからな」

精霊である彼女は、いざとなれば自分は切り抜けられる可能性高い。だがそれも同じ話で、ひとりだけでなら、ということだ。だれかが襲われていたなら、対処しなければいけない。

「この状況ならむしろ……」

そのとき、前方から悲鳴が聞こえ始めた。

顔を向けると、校舎から寮へ向かう途中の中庭を逃げる生徒の集団が、モンスターに襲われているようだ。ここからだとけっこう遠い……。

「下級生は下がって。やぁっ！」

「ほら、こっちに、せやっ！」

しかし幸いにも、前方のそのモンスターはグレムリンという、訓練用の下級モンスターだった。

上級生たちが素早くかたづけているようだ。

逃げまどう生徒たちは一瞬隊列が乱れたものの、怪我人などはいないようだな。

「どうやら、いろいろなモンスターが逃げ出しているみたいですわね」

「教師たちの対応も強力なモンスターが優先になるから、弱いのは逆に、包囲を抜けてきてるのかもな……」

それこそ寮内にたどり着けば、そこにいる生徒たち同士で防御を固められるので安全だろう。

長期戦が得意な俺や、強力な魔法を放つベルナデットも協力すれば、よほどのことがない限り問題はないはず。そんなことを考えていると、突然、背後に気配を感じた。

「つ、ラウル！」

「ああ！」

レリアの呼びかけに応える。いち早く気づいた彼女に続き、俺も行動に移る。

「思った以上に動きが速いですわね」

「さっきの騒ぎで、おびき寄せられたんだろう」

俺たちの後ろから、アームベアーが突進してきていた。

「うわぁぁぁっ！」

豪腕のモンスターが襲いかかってくるのを見て、前方の生徒たちがパニックになっている。

それもそうだろう。アームベアーは、かなり強力なモンスターだ。

本来なら生徒だけで遭遇してしまえば、どうしようもない相手だった。

「やるしかありませんわね」

「だな」

ベルナデットと俺とレリアは、反転してアームベアーに向かい合う。

野太い咆哮を上げるアームベアーが、立ちはだかるように止まった俺たちへと目を向けた。

「いきますわ！」

まずはベルナデットが、火柱の魔法を唱えて攻撃する。

その火力にひるんだアームベアーに、俺は続けて炎の矢を打ち込んでいった。

命中させるのは難しいが、威力は倍化した火矢がアームベアーに刺さり、その肉を焼いていく。

ベルナデットの攻撃で表面を、俺の攻撃で内側を燃やされたアームベアーは、なすすべなく炎上して倒れこむ。

「さすがですわね」

俺の魔法を見て、ベルナデットがそう言った。

魔力量が増えたのに合わせて覚えた新しい魔法は、前のものよりも威力がずっと高い。

「レリアから学んで、オリジナルの強化をしてるしな」

精霊である彼女にとって魔法は身体の延長みたいなものだ。

そのぶん、理屈ではなく感覚で扱っているところが大きいため、教えるのには向かない。

だが、長い時間を一緒に過ごしていることもあり、俺にはその感覚も少しつかめるようになっていた。しかし、アームベアーほどの強力なモンスターをこうもあっさりと倒せるというのは、自分でもなんだか意外な感じだ。

「ともあれ、これであとは無事に避難できそうだな」

「そうですわね、いそぎましょう」

俺たちはそのまま、寮まで走って行くのだった。

●

しばらくして、教師や専門職員たちの活躍でなんとか騒ぎは収束した。

やはり全員が無事とはいかず、軽い怪我をした生徒などもいたみたいだが、重傷者までは出ずに一段落したのだった。

学院側は原因を突き止めようとしているが、まだはっきりとはわかっていないらしい。

本来ならモンスターが自力で抜け出せるはずがなく、これまでにもそんな兆候はなかった。

どうやら檻《おり》などが壊れた形跡もなく、モンスターが大量に抜け出した理由の謎は残ったままということだ。自然に起こったこととは考えにくく、誰かが故意にモンスターを逃がしたのでは？　という噂も流れている。

けれど、決定的な証拠は出てきていない。ひとまずの落ち着きを得て、授業も再開されたものの、学院内にはまだまだ不穏な空気がただよっていた。

「ひとまず収まっても、解決したわけじゃないからね。学院側にも、不安がってる人は多いみたい」

放課後、フラヴィの研究室へと手伝いに行ったときに、彼女はそう話していた。

「それに、モンスターを研究に使っていた人たちは、けっこうな痛手だしね」

「ああ、そうですね……責任もあるだろうし」

逃げ出したモンスターは危険なので、捕獲したものもすべて処理しないといけない。

けれど、なかにはレアなモンスターも多いし、そもそも研究途中で個体が入れ替わってしまっては、実験としても不完全なデータになってしまうだろう。

そんな訳で、モンスターの制御などの研究を行っていた研究者の人たちは、大きな打撃を受けているようだった。

「あとは……そうね。派手に施設が壊れた形跡がないからって、召喚術や転移術が疑われているわ。専門の先生は、解明にかりだされてるらしいわね」

「召喚や転移か……」

たしかにそれらの魔法を上手く扱えば、モンスターならば可能だ。喚び出したり、壁を通り抜けさせるのは不可能なことではない。

とはいえ、警備の厳しい学院内でのことだ。その手のことには、とくに注意がはらわれているはずである。生半可な方法では、上手くいかないだろう。

そんなことを大胆に実行できる実力の人間は、きっと限られている。

それに外部の人間だというなら、どうやって学院に侵入したのかという問題もある。

敷地が広いこともあって、一見のどかで開放的な雰囲気の学院だが、貴族の子女や様々な研究のためにセキュリティーはしっかりしており、侵入するのはかなりの難易度となっているのだった。

そのおかげで、俺たち学生はのびのび過ごせているのである。

「ここに侵入できるほどの魔法使いならば、モンスターを逃がすのも可能か……」

「そうね。それでも、強引に突破するならともかく、痕跡を残さないってなると、ものすごい魔法使いってことになるけれど」

フラヴィも首をかしげている。

そんなことができる割に、モンスターを逃がしただけで、他の被害はないのだ。

あるいは、もっと別の目的があったのだが、予想よりも早く騒ぎが収まってしまったとか、狙い通りにいかなかったせいで達成しそびれたのかもしれないな。

「犯人の狙いは……うーん。可能性が多すぎて、わからなそうだな」

「そうね。ここにはいろいろと貴重なものもあるし、モンスター自体のほうに狙いがあったのかもしれない」

「あとは、暴れさせて学院の評判を落とすとか、研究の邪魔をするとか……かな」

他の組織からすれば、それも十分なメリットだろう。

もうずっと平和な時間が続いているため、帝国内部でもくだらない足のひっぱり合いが発生しうる状態ではあるのだ。

「結局、犯人が捕まらないことには、どうしようもなさそうだな」

「そうね」

そんな話をしつつも。まあ、それらは学院の上層部が本腰を入れているので任せることにして、俺はこれまで通りのフラヴィの手伝いとして、今日も魔石を作っていくのだった。


一定の魔石作りを終えたところで、俺は一息つく。

フラヴィの研究室は、三部屋に分かれている。

一つは魔道具をはじめとした器具が集められ、院生たちも研究を行っているメインの研究室。

もう一つは、様々なアイテムがしまい込まれている倉庫。

そして最後が、この部屋だ。フラヴィだけが事務仕事に使う、研究事務室だった。

俺は正式な助手ではないし、フラヴィは院生たちが居る時間は研究室を使わないから、主にこの事務室で魔石を作っている。

だからこの部屋には基本的に、フラヴィと俺しかいない。

「お疲れ、ラウルくん」

フラヴィはそう声をかけると、俺の元へと近づいてくる。

さして広くないこの部屋は、机が一つある以外は資料棚で埋まっている。

「本当、いつも助かってるわ」

魔道具を動かすには、必ず魔石が必要だ。

そして高純度の魔石は値段も高かったり、そもそも供給が安定していなかったりする。

そういうことから、魔力量が増し、一定水準以上の魔石を安定供給できる俺は重宝されているのだった。

仕事を終えた後ということで気の抜けた状態で、狭い室内にふたりきりだ。

少しでも意識してしまうと、ついつい彼女を見てしまう。

そんな視線に気づいたフラヴィは、いたずらっぽい笑顔を浮かべた。

「今日も魔石を作ってもらえたし、お姉さんがご褒美をあげましょうか？」

そう言って、妖しげな笑みで近づいてくるフラヴィ。

軽く唇を舐め上げる仕草がセクシーだ。そんな彼女を見ていれば、当然、俺の欲求も膨らむ。

「ええ、ぜひ。じゃあ、あとで部屋に――」

そう言いかけた俺を、彼女が唇に手を当てて遮る。

「えー。せっかくだし、今すぐ、ね？」

「いや、でも……」

今も、すぐ横の部屋で普通に院生たちが研究をしている。

彼女を呼びに来る可能性が、まったくないとも言い切れない。

そんな俺の考えを読んだのか、フラヴィがさらに笑みを深くした。

「そういうスリルもいいでしょ？」

「フラヴィは、見つかってもいいのか？」

俺はまだいい。ここでは部外者だ。たとえ見られたところでそんなにダメージはないとも言える。

「大丈夫だよ、お互い子供じゃないんだし、ここは私の部屋で、今は勤務時間外だもの」

優秀な者には様々な意味で規則の緩いこの学院であっても、それはただの詭弁だった。だが、そんなふうに誘われて、断るなんていう選択肢は俺にはないのだった。

「ふふっ、ラウルくんも、もう期待してる？」

彼女は机の下へと滑り込んできて、椅子に座っている俺の足の間へ入ってきた。

たとえドアを開けられても、一応机が隠れ蓑になって姿を隠し、フラヴィが何をしているかはわからないだろう。

とはいえ狭い部屋だし、フラヴィがどこに行ったのかという話にはなるけど。

ばれるかもしれないリスクは、十分以上にあった。

非日常的なシチュエーションは、どうしても興奮を呼び起こしてくる。そんなことを考えている内にも、彼女はズボンのジッパーを下ろして、下着の中に手を入れてきてしまう。

「ふふ、すぐに大きくしてあげるわね」

そう言ってまだ柔らかなペニスを取り出すと、そこを優しく刺激してきた。

「うっ……」

場所が場所だということもあり、いつもとは違った興奮がある。

そんなシチュエーションに反応しかけた肉竿を、フラヴィがためらいなく咥えてきた。

「あーむっ♪」

彼女はそのまま、口の中で肉竿を転がしてくる。

「れろっ、ちゅっ……」

舌で亀頭をいじり、口内でもてあそぶ。

「あはっ、どんどん大きくなってきて、んぅっ♥　咥えるの大変になっちゃうね♪」

彼女の口内で、肉棒が膨らんでいく。今となっては、美女三人のなかでもフラヴィがいちばんエロいような気がするな。

「んむ、あ、えおっ……」

口内でぐんぐん成長していく肉棒をゆっくりとしゃぶってから、そっと口から出した。

「あふっ……ふふっ、おちんちん、ビンビンになってるね」

「そりゃ、そんなふうに咥えられたら……」

「ふふっ♪　研究室でこんなに大きくしちゃって……れろっ♥」

「うおっ」

彼女は舌を伸ばして、肉棒を舐めてくる。

「んぁ……れろっ、ちゅっ……」

そのまま舌を伸ばし、ペニスにキスをして、彼女は愛撫を続けてくる。

「れろっ、ちゅっ……んんっ……」

机の下で、フラヴィはフェラを熱心に続けている。

机の影で薄暗いが、フラヴィの舌がちろちろと動いているのが見えた。

「れろっ、ちゅっ、んっ……」

視線を上げると、そこはもちろん彼女の事務室なわけで。

そのドアの向こうには、院生たちがいる研究室があるのだ。

そんな場所で、彼女にしゃぶられている。

「ちゅぷっ……ちゅくっ……れろっ……」

そのシチュエーションは、俺を興奮させていった。

「あむ、ちゅぱっ……」

それはフラヴィも同じようだ。

彼女はすっかりとエロい顔つきになって、チンポを舐め回している。

「れろぉっ、ちゅっ……あーむっ……」

口を大きく広げて肉棒を咥えこむと、そのまま往復して唇でしごいてくる。

「んむっ、ちゅぷっ……ちゅっ……」

机の下で、下品なフェラ顔をしているフラヴィ。

くっぽりと肉棒を咥えこんで、そのまま顔を往復させてくる。

「じゅぷっ、れろっ……ちゅぱっ……」

「うっ、あぁ……」

そのエロい光景と、ねっとりとしたフェラに感じていると、彼女は妖艶な笑みを浮かべる。

「どう？　机の下に潜り込んでフェラされるの、気持ちいい？」

「ああ……」

素直にうなずくと、彼女は肉棒をしゅぶりながら続けた。

「ぴゅぷっ、ちゅっ……誰か来るかもしれないところで、じゅぶっ……おちんちん出して、あむっ。舐められるの、気持ちいいんだ？」

「そういうフラヴィこそ、うっ……自分の研究室でフェラをして、そんなにエロい表情になってるじゃないか」

俺が言うと、彼女は顔を赤くしながら、さらに勢いよくしゃぶってきた。

「じゅぶっ、じゅぼっ、ちゅぅぅっ……♥　うん。だって、すっごいドキドキするもの……。れろっ、ちゅぶっ……」

彼女は素直に認めながら、フェラを続けていく。

「れろっ、ちゅっ……。多分誰も入ってこないけど、ちゅぱっ……どうなんだろうね？　ふふっ……れろっ、ちゅぅっ♥」

「う、あぁ……」

彼女は楽しそうに肉棒をしゃぶっている。

「ラウルの顔、気持ちよさでとろけてきちゃってるね……れろっ。じゅぶっ……誰かがきたら、ラウルの感じてる顔を見られちゃうね」

「そうかもな……」

そう言いながら、俺はチンポをしゃぶるフラヴィの頭を撫でる。

机の下にいる彼女は、ドアを開けられたところで直ぐには見えない。

しかしまあ、呼ばれて机から這い出してきたりすれば、状況からでも予想できてしまうだろう。

それは彼女もわかっている。だからこそ興奮しているのだ。

「じゅぷっ……ちゅっ、じゅるっ……」

狭い部屋だからきっと、ペニスをしゃぶる音だって聞こえてしまう。

「れろろっ……じゅぷっ、ちゅぅっ……」

そんな状態で興奮している彼女は、少しMっ気があるのかもしれない。

「あむっ、じゅぼっ……ちゅっ……」

「フラヴィ……」

「んむっ♥」

俺はそんな彼女に、軽く腰を突き出してみた。

肉棒を喉奥深くまで入れられ、驚いたようだ。けれどどこか、嬉しそうにもしている。フラヴィは自分の研究室でフェラを、しかも強引にされることに、非日常的な快感を得ているのだろうか。

「そういうことなら、もっと激しくするよ？」

「じゅぷっ……んっ♥」

俺が言うと、彼女は小さくうなずいた。その反応を見て、俺は彼女の顔を両手でつかむ。

「れろっ……んむっ♥」

それを少し怖がるような、けれどそれ以上に期待するような目で俺を見た。

そんなフラヴィの表情に、俺の欲望が刺激される。

俺は彼女の顔をこちらへと引き寄せて、喉まで肉棒を差し入れた。

「んむっ！　ん、んぁっ……」

反射的に肉棒を吐き出そうとする彼女の頭を押さえ、逃げられないようにする。

そしてそのまま手でつかみ、彼女の頭を動かしていく。

「んむっ！　ん、じゅぶっ……じゅば、れろっ……♥」

「う、あぁ……」

強引にピストンさせられて少し苦しげではあるものの、彼女自身も舌を動かし、肉棒にしゃぶりついてくる。

「んぶっ。じゅるっ……ちゅぅっ！　じゅぼっ、んぁ……♥」

強引にされながらも感じ、さらにこちらへご奉仕しているのだ。

「う、フラヴィ、んっ……」

「じゅぶぶっ！　ちゅっ、じゅるっ、じょぱっ……♥」

こちらがしているのに、彼女に搾り取られるかのようだ。

いや、実際、これは彼女が望んでいたことで、俺が無理矢理に動かすほどに、彼女の興奮を煽っているようなものだった。

「じゅぶぶっ……じゅぼっ……♥　ん、れろ……ちゅぅっ！」

「く、すごい吸いつきだな……」

口まんこで、しっかりと肉棒をしごいていくフラヴィ。

俺は彼女の勢いに押されつつも、そのまま頭を股間の位置に固定し、彼女の口内を責めていく。

「んぶっ！　じゅぶっ、じゅぼぼぼっ……♥　ん、ちゅぶっ、れろっ！」

「う、あぁ……もう、出るっ……」

俺は射精欲の命じるままに、彼女の口を気持ち良く使っていった。

「んぶぅっ♥　ん、んんっ！」

激しくなったイマラチオに一瞬だけ苦しげになったフラヴィだが、すぐにドスケベな顔になると
これまで以上にチンポを責め立ててきた。

「じゅぶぶぶっ！　れろっ、ちゅっ、じゅぞぞぞっ！　んむっ……じゅぶっ、ちゅぶっ、れろろっ、
ちゅぅぅっ♥」

「あ、う、ぐっ……」

精液が一気に駆け上ってくるのを感じる。

それを感じ取ったようで、フラヴィがラストスパートをかけてきた。

もう俺が動かす以上の勢いで、自ら動いて搾り取ってくる。

「じゅぶぶぶっ！　ちゅばっ……！　れろろろ……じゅるっ♥　じゅぽぽっ、じゅぞぞっ！　じゅ
ぶぶぶぶっ♥」

「ぐ、ああっ！」

びゅるるっ、びゅるるるるるぅっ！

俺はフラヴィの口に搾り取られ、射精した。

「んうっ♥　ん、ちゅぅぅっ！」

「あぁ……フラヴィ、うっ……」

ペニスが脈うち、精液を放っている最中も、彼女はストローのようにチンポを吸ってくる。

「ちゅっ、じゅるるっ、んくっ♥」

そのまま精液の飲み込んで、チンポをしゃぶり尽くしてしまった。

「んむっ、ちゅぅぅっ！」

「うおっ……」

その大きすぎる快感に、思わず彼女の頭をつかんで離させようとすると、むしろ抵抗するように強く吸いつかれてしまう。

「う、あぁ……」

「ちゅぶっ、じゅるっ、ちゅぅぅっ！」

そして残らずすべて、精液を吸い上げられてしまう。

「れろっ、ちろっ、ちゅぷっ……」

そのまま肉棒を舐め回され、しっかりときれいにされてしまう。

「んぅっ……ぷはぁっ♥」

そこまでしてようやく、彼女は俺の肉棒を口から離した。

俺は射精後もずっと与えられた快楽で、すっかり力が抜けてしまう。

「あふっ♥　ラウルくんの精液、すっごく濃くて多かったね♥　研究室でおちんちんしゃぶられるの、気持ちよかった？」

「ああ……すごすぎた」

シチュエーションももちろんだが、興奮したフラヴィのフェラがやばかった。

最初のときにもフラヴィにフェラをされたが、そのときの「えっちなご褒美をくれるお姉さん」という感じではなく、完全にスケベな女だった。

そんなふうに欲望を解放したフラヴィはとても魅力的で、危険なほどだ。

俺はそのまま背もたれに身体を預けて、力を抜いていく。

「ね、ラウルくん」

フラヴィはまだ机の下で、俺の足の間にかがみ込みながら、こちらを見上げてくる。

「今日みたいなこと、またしようね？」

「さすがに危なくないか？」

最後のほうとか、かなり音を立ててバキュームしていたし、ドアを開けずとも近くにいたら気づかれそうなほどだったのだ。

「ふふっ♥　だからこんなに気持ちよかったんでしょ？」

いたずらっぽくそう言うフラヴィは、魅力的なお姉さんでもあり、スケベなメスでもあるようだった。そしてそんなふうにおねだりをされたら、俺の答えなんて決まっている。

「そうだな」

「ふふっ、約束ね？」

妖艶に微笑む彼女を見ながら、俺はまた次を期待してしまう。

「それじゃ、とりあえず後片付けをしないとね。まずは……おちんちんのお掃除から♪」

「うおっ……」

彼女はそう言うと、またチンポにしゃぶりついてくる。

先ほどもしっかりと舐めとるようにしていたのに、まだ足りないらしい。

俺はおとなしくして、嬉しそうに肉棒をしゃぶるエロいフラヴィの姿を楽しんでいたのだった。

●

研究所の帰り道、廊下でジール先生と会った。

「ああ、ラウルくん。君は確か、フラヴィ先生のところで魔石を作っていたよね」

「はい」

彼女は少し疲れた様子だ。

召喚術、転移術の研究者でもある彼女は、事件のことでいろいろと意見を求められたり調査をさせられたりしているという。

「今日も魔石を作った帰りかい？」

「ええ、そうです」

俺が答えると、彼女も小さくうなずいた。

「そうか。それじゃ、ちょっとフラヴィ先生に頼んでみるか」

「どうしたんですか？」

尋ねると、彼女は疲れたように言った。

「いや、この前のモンスター脱走事件があっただろう？　それの調査でいろいろな魔法を使ってみようってことになっていてね。とはいえ、高純度の魔石は貴重だから」

「なるほど」

そこで彼女は、好奇心に満ちた目をこちらへと向けた。

「今のラウルくんが作る魔石は、帝国内で流通する一級品並かそれ以上っていう話だからね。以前から声をかけていたフラヴィ先生は、いい読みをしていたみたいだね」

研究者にとって、魔石はあって困るものではない。

フラヴィの研究する魔道具にとってはとくに必須のものだが、他の魔術にしても、質のいい魔石はなにかと便利なアイテムだ。

「学院には最高純度の魔石もあるが、あれは展示品であって使えるものじゃないしね……。こう、研究者としては、あれだけの魔石を、一度は使ってみたいという思いに駆られてしまうのだが」

「フラヴィ先生も同じことを言ってました」

そう言うと、彼女は笑みを浮かべた。

「そうだろう！　やっぱり研究側の人間はそうだよなぁ。っと、魔石を作って疲れているところだろうに、引きとめて悪かったね」

「いえ。ジール先生も、事件のことはお疲れ様です」

「ありがとう。まあ、疲れるのは事実だが、普段よりいろいろな角度で魔法が使えて、これはこれでいい経験だよ」

根っからの研究者気質であるらしい彼女は、苦労しつつも楽しそうに言うと、フラヴィの研究室へと向かっていくのだった。

教師たちは皆、魔法に様々な思い入れや好奇心を持っている。彼女やフラヴィを見ていると、やはり俺自身はあまり研究者気質ではないのかもな、とも思うのだった。

●

部屋に戻ってくつろいでいた夜。レリアがこちらへと迫ってきた。

「ラウル、ほらほらこっち♪」

そう言いながら、俺をベッドへと連れて行くレリア。

えっちに関しては元々強引なところがある彼女だが、今日はいつも以上に積極的みたいだった。

「えいっ♪」

レリアは俺をベッドに押し倒すと、そのまま服を脱がせてくる。

ご奉仕してもらうのも好きなのでそのまま任せていると、彼女は服を脱がせた時点でにやりとした笑みを浮かべた。

「前はラウルやフラヴィにされっぱなしだったからね。今日はわたしがラウルのこと、いっぱい気持ちよくしてあげる♪」

「なるほどな……」

そんなふうなのも、俺にとってはご褒美だけどな。

いや、しかしどんどんえっちになっているレリアの本気となると、もしかしたらやばいかもしれないな。けれど、レリアのような美少女に搾り尽くされるのも男冥利につきるってものだろう。

「それじゃまずは、おちんちん大きくしてね」

そう言いながら服を脱いだレリアが、まだおとなしいままのモノに触れてくる。

「このふにふにしてるおちんちんは、ちょっとかわいいよね。大きくなるとすっごい凶暴なのにね。えいえいっ」

そう言って、片手で竿を握りつつも亀頭を軽く突ついてくるレリア。

そのままいじられていると、気持ちよさに合わせて血が集まってくるのを感じる。

「ふふっ、手の中でどんどん大きくなってきてる……♥ ほら、んっ、むくむくって膨らんで、指からはみ出してきちゃう」

勃起竿が彼女の手元からにょきりと飛び出すと、レリアはそのまま手を動かしてきた。

細い指が肉棒をしごいていく。

「しこしこー、この、出っ張ってるところの裏っかわが気持ちいいんだよね？」

「うおっ……」

そう言いながら、きゅっと手をひねってカリ裏を刺激してくるレリア。

彼女の手コキはだんだんと上手くなっている。

身体を重ねるごとに、俺の気持ちいいところを覚えているのだろう。

そんな彼女からの愛撫は、とても心地良い。

「硬くて熱いおちんちん……♥　しゅっしゅっ、しこしこー」

彼女はそのまま手コキを続け、俺を高めていくのだった。

「おちんちん、手でいじられて、気持ちよさそう♥」

「ああ……すごくいいよ」

俺がうなずくと、彼女は手のスピードを少し速めた。

「ん、しょっ……手だと、おちんちんの反応がわかりやすいよね。この裏筋を撫でると、ぴくんってするのとか♪」

彼女は楽しそうに手コキを続けていく。その無邪気な様子とは裏腹に、しっかりと快楽を与えてくる手淫に、俺は押されっぱなしだった。

「硬くて立派なおちんちん……♥　わたしの手で気持ちよくなって、我慢汁が出てきてるね……♥　ほら。先っぽから……」

「おうっ……」

彼女は指で鈴口に触れて、我慢汁をすくい取るようにした。

「おちんちん、いやらしい糸引いてる♥」

レリアは楽しそうに言いながら、先端をいじってくる。

「でも、手だけじゃないよ。この敏感な先っぽを、れろっ！」

「うぉっ……」

彼女は顔を近づけると、そのまま亀頭を舐めてきた。

あたたかな舌が裏筋から先端へと舐め上げてくる。

「れろっ、ぺろっ……。ふふっ、我慢汁を舌先で……れろっ」

「レリア、うっ」

彼女は舌をとがらせると、そのまま尿道の我慢汁を舐めとっていく。

「れろっ、ちゅっ……」

舌がちろちろと動きながら、刺激してくる。

「おちんちんから、どんどん我慢汁があふれ出してきてる……♥　ほら、ちろっ……。こんなにあふれて、れろっ……」

「レリア、そんなに……」

「ふふっ、ラウル、すっごく気持ちよさそう。ぺろぺろしてるだけで気持ちいいのに、このまま咥えたらどうなっちゃうんだろう♥」

彼女はチンポをうっとりと眺めながら、舌を這わせてくる。

そのスケベな表情もまた、俺を興奮させていくのだった。

「れろっ……ちろっ……ん、あーむっ」

「あぁ……」

そしてレリアは、ぱくりと肉棒の先端を咥えこんできた。

彼女の唇がカリ裏にぴとりとくっつき、甘く刺激してくる。

「れろっ、ちゅぱっ……♥　あむっ、おちんちん、お口で咥えると、なんだかお口の中が敏感になっちゃう♪」

そう言いながら、レリアは肉棒の先端を口内で転がしてくる。

「んむっ、ちゅっ、ちゅぷっ♥」

彼女はそのままフェラを行い、肉棒をなめ回してくる。

「ちゅぷっ、れろっ……」

咥えられているのは先端のみなのだが、亀頭からカリ裏にかけてを重点的に愛撫されて、気持ちよさが蓄積していく。

「ちゅぶっ、れろっ、もごっ……」

頬の内側に先端がこすれ、舌が裏スジや鈴口をなめ回して、敏感なところばかりが刺激されてしまう。

「あむっ、ちゅっ……。おちんちん、お口の中でピクピクしてる♥　それじゃ、次はもっと根元のほうまで、ちゅぶ」

「う、あぁ……」

彼女はそのまま顔を前へだして、肉竿を半ばほどまで飲み込んでしまう。

温かな口内に包み込まれて気持ちよさを感じていると、そのまま頭が前後へと動き始めた。

「じゅぶっ……ちゅっ、れろっ……ちゅ」

「レリア、うあ……」

彼女は頭を往復させて、唇で肉竿をしごいてくる。

先端が頬の内側や上顎などにこすれているから、新鮮な気持ちよさを次々に生み出していく。

「れろっ、じゅぶっ、じゅぽっ……」

最初のころより遥かに上達したフェラで、彼女は肉棒を着実に高めていった。

「あむっ、じゅぶっ、ちゅぅぅっ！」

「そんなバキュームまで覚えて、うぁ……」

レリアは肉竿に吸いつき、そのまま吸い込んでくる。

肉棒がストローのようになって、我慢汁を彼女へと送り込んでいった。

「んむっ、ちゅっ、れろぉ♥　おちんちんしゃぶられるの、気持ちいいみたいだね♪　ラウルの顔がとろけちゃってるよ」

「あぁ……。レリアはどんどん上手くなるからな」

そう言うと、彼女は笑顔を浮かべながら、肉棒をさらに奥へと迎え入れる。

「んむっ、んぶっ、ちゅっ……。れろっ、ちゅぱっ！　だって、ラウルにいっぱい気持ちよくなってほしいからね。れろっ、ちゅぅっ♥」

「あぁ……」

頭を前後させながら、レリアはフェラを続けていく。

その気持ちよさに、俺の射精感は早くも高まっていった。

「レリア、そろそろ……」

「いいよ、そのまま、わたしのお口にいっぱい出して？　じゅぶっ、ちゅぅっ！」

「うあぁっ……！」

彼女はラストスパートをかけるように、唇を激しく往復させていく。

「んむっ、じゅぶっ、じゅぽっ……♥　おちんちんの先っぽ、太くなってきてるね♥　そろそろ、れろっ、じゅるるっ！」

「あぐっ、あぁ……」

激しく動かしていくと、レリアのきれいな顔が下品なフェラ顔になってってしまう。

「れろっ、じゅぶっ、じゅぞっ！　ちゅぅっ、ちゅばっ♥」

そんなスケベさでチンポをバキュームしてくるレリアに、俺は耐えきれなくなった。

「レリア！　もう、うぁっ！」

「じゅぶぶぶぶっ！」

彼女は最後に思い切り肉棒を吸ってくる。

そのバキュームに誘われるように、精液が鈴口から飛び出していった。

「んむっ、ちゅぶっ、んぁっ♥」

彼女の頬が、飛び出した精液で膨らむ。今まさに口内に思いっきり射精しているのだとわかる光景に肉棒も震え、飛び跳ねながら精液を送り込んでいった。

「んむっ、んくっ、ごっくん♥　あふっ。濃い精液、いっぱいでたね♪」

口内射精された精液をしっかりと飲み込んでも、彼女は笑みを浮かべた。

その顔はかわくもエロいもので、俺も思わず見とれてしまう。

「でも、言ったでしょ。今日はこれだけじゃ終わらないからね」

そう言いながら、彼女はつんつんと亀頭を指先でつついてくる。

射精直後の肉竿に、くすぐったいような気持ちよさが伝わってきた。

「それに、んっ、わたしももう、すっごいほしくなっちゃってるし♥」

そう言いながら、彼女はそのおまんこを俺へと見せてきた。

もう十分に濡れて愛液をあふれさせているアソコを、くぱぁと広げて見せてくる。

「うっ……」

ひくつく膣襞を見せつけられ、出したばかりだというのに俺の欲望が膨らんでしまう。

「おちんちん、まだまだ元気だよね？」

そう言った彼女は、俺の上にまたがってきた。

「今日はラウルのせーえき、のこさず絞りとっちゃうんだから♥」

そして肉棒をつかんだ彼女は、そのまま膣口へと導いていく。

射精後の肉棒は易々と硬さを取り戻し、ぬぷっとおまんこへと飲み込まれてしまうのだった。

「あふっ、ん、あぁ……♥」

熱くうねる膣襞に、包みこまれる。その気持ちよさに、挿れられただけで肉棒が跳ねた。

「あんっ♥　すっごい元気♪　出したばかりなのにこんなに硬くて……んっ♥」

しっかりと蜜壺にペニスを収めた彼女は、うっとりと言いながら、腰を動かし始めた。

「あっ♥　ん、あぅっ……ラウルのおちんちん、んっ♥　やっぱりすごくいいよぉ……♥　あふっ、ん、あぁ……！」

そう言いながら、彼女は俺の上で腰を動かし始める。

「今日は、んぁっ♥　私がいっぱいラウルをイかせちゃうんだから♪　あふっ、ん、しょっ。あっ、んはぁっ！」

なめらかに腰を動かしていくレリア。その膣襞が肉棒を包み込んでしごいてくる。

「あぁ……♥　ん、ふぅっ……！」

おまんこがしっかりと肉棒を咥えこんでいる。

「あぁ、ん、あんっ♥」

そして見上げると、腰振りに合わせてレリアのおっぱいが弾んでいく。

その巨乳を見上げていると、やはり触れたくなってしまう。

俺は手を伸ばして、下から持ち上げるようにおっぱいを揉んでいった。

「あんっ♥　や、だめぇっ……。今日はわたしが、んっ！」

そう言いながら、レリアはさらに腰を動かしてくる。

「んはぁっ、あっ、あぅっ！」

俺は騎乗位で腰を振るレリアを見上げながら、そのたわわな果実をむにゅむにゅと揉みしだいていく。

「んはぁ、あぅっ、ラウルの手つき、えっちだよぅっ……♥」

「レリアだって、すっごくエロい腰振りしてるだろ」

「んはぁ、あっ、あぁっ！」

両胸を揉まれながら、ピストンを行っているレリア。

そのエロい光景に、俺のテンションも上がっていく。

「んはぁっ♥　あ、ああっ……ラウル、ん、もうっ……！」

搾り取る、と宣言したとおり、彼女は激しく腰を動かして肉棒を絞り上げていた。

蠕動する膣襞の気持ちよさが、容赦なく襲いかかってくる。

「あふっ、ん、あぁ……」

けれど同時に、彼女もかなり感じているようだ。

エロい吐息を漏らしながら、うっとりと俺を見下ろしてくる。

「はぁ、ん、あふ……ん、あうっ♥」

俺は腰を振る彼女の胸を揉みながら、その頂点でつんととがっている乳首をつまみ上げた。

「ひゃうっ♥　あっ、ラウル、んぅっ！」

敏感な乳首をいじられ、彼女が嬌声をあげる。

それと同時に、膣内がきゅっと反応した。

「もう、ん、あぁっ……♥　わたしがするってばぁ、ん、あぁっ！」

そう言って、さらに激しく腰を動かし始める。

大きく腰を振るため、俺はたまらず彼女の乳首から手を離して見上げた。

「あっ♥　ん、ふぅっ、ああっ……！」

激しいピストンに合わせて、大きく弾むおっぱい。

そのエロい光景を見上げていると、おまんこがきゅうきゅうと吸いついてくる。

「あはぁっ♥　ん、あぁ……ラウル、ん、あぁっ……！」

一生懸命に腰を振って、肉棒を絞り上げてくるレリア。

俺は視線を、淫らな接合部へと向ける。

「んぁ、あっ、あんっ♥」

レリアが腰を上下させる度に、おまんこに肉棒が出入りしているのが丸見えだった。

かき回されて泡だった愛液を散らしながら、じゅぶじゅぶと卑猥な音を立てていく。

くっぽりと肉棒を咥えこんだ彼女のおまんこ。

その卑猥な光景は、俺の欲望を後押ししていった。

「あふっ♥　ん、あぁっ……ラウル、ん、あぁ……」

腰を振り、胸を弾ませるレリア。

その姿に焚きつけられた俺は、我慢できずに腰を突き上げていった。

「んはぁぁっ♥」

ちょうどふたりのタイミングが重なり、突き出された肉棒が彼女の子宮口を突いていく。

「あふっ、んぁ、あ♥　だめっ、そんなに、奥っ♥　あっ、んはぁっ！」

興奮し精液を求める子宮口に、亀頭で荒々しくキスをしていく。

「んぁっ♥　わたしの、一番奥までっ♥　あっ、ラウルの、おちんちんが、ズンズンって突いてきてるよおっ……♥」

さらに激しく下半身を動かしながら、レリアが嬌声をあげていく。

俺はそのまま腰を突き出して、彼女を犯していった。

「あっあっ♥　だめっ、そんなに突かれたらぁっ……♥　あぅ、んぁ、イっちゃうっ……！　あっ、あぁ……♥」

これまで以上にはしたない声を漏らしながら、レリアはもっと快楽を求めるように腰を動かし、深く入れ込もうとお尻が降りてくる。

そして自らの最奥……子宮口でくっぽりと肉棒を咥え、射精を誘ってくるのだった。

「あぁっ♥　あっ、イクッ！　わたし、んぁ、イっちゃうっ！　あっあっ♥　ラウル、んぁ、あ、あんっ♥」

レリアは嬌声とともに、激しく腰を振っていった。

感じきったおまんこを突き上げながら、俺も精液がのぼってくるのを感じた。

「レリア、もうっ……」

「きていいよっ……そのまま、んぁっ♥　わたしの奥にっ……きて♥　ラウルのせーえき、いっぱい注ぎ込んでぇっ♥」

「ああっ……！」

俺はそのエロいおねだりに応えて、腰を突き上げていく。

おまんこをかき回し、子宮口を何度も何度も突いていった。

「あっあっ♥　だめっ、もうっ！　おちんちん、気持ちよすぎてっ……イクッ、あっ、イクイクッ！　んはあぁぁぁぁっ♥」

「う、あぁ……！」

びゅるるるっ！　びゅくっ、びゅくんっ！

彼女の絶頂に合わせるようにして、俺も堪《こら》えずに射精した。

「んくぅぅぅっ！　熱いの、ラウルのせーえき、びゅくびゅく、いっぱい出てるぅっ♥　あっ、んはぁっ、あぅっ！　うれしいよぉ……」

大量に中出しされて、彼女の膣内が喜んでいるのがわかった。

「う、あぁ……」

膣襞が精液を余さずに搾り取ろうとうねり、射精直後の肉棒を締め上げてきた。

尿道に残った分までしっかりと放出させられて、俺はその気持ちよさにぼーっとしてしまう。

「あっ♥　ん、ふぅっ……」

彼女はしっかりと搾り取ってから、そのまま腰を上げて肉棒を引き抜いていった。

「あふっ、んっ……」

そしてそのまま、俺の足の間へと座り込んだ。

「すっごくいっぱい出たね♥」

「ああ……。レリアの中が気持ちよかったからな」

そう言うと、彼女は笑みを浮かべた。

「わたしも、すっごく気持ちよかった」

そして彼女は俺の肉棒を軽くいじると、手をそのまま下に下ろして、陰嚢を軽く持ち上げるように触ってくる。

「でも、ラウルのここには、まだせーえき、残ってるよね?」

妖しい笑みを浮かべるレリアは、そのまま俺の股間へと顔を寄せる。

「いや、二回出したし、もう十分……」

「本当に?」

エロい表情をしたレリアは、軽く肉棒をしごいてくる。

「それじゃ、おちんちんきれいにしてあげるね。あーむっ♪」

「うおっ……」

彼女はそのまま肉棒を咥えこむと、しゃぶり始める。

「じゅぶっ、ん、れろっ……♥」

そして上目遣いに俺を見て言った。

「本当に出し切ってたら、もう小さくなるはずだよね？　れろっ……ちゅぅっ……。お掃除している間も勃ったままだったら、もう一回搾りとっちゃうからっ♥」

「うおっ、それは、あぁ……」

「じゅぶっ、ちゅぅっ、れろっ、ぺろろっ！」

彼女はそう言うと肉棒をくまなくなめ回して、しゃぶってくる。

それはもう、お掃除フェラというよりも、復活させるための愛撫だった。

「ちゅぶっ、れろっ、じゅるっ……」

チンポを咥えたフェラ顔のレリアが、俺を見つめてくる。

そんなふうにされていて、興奮しないはずがなかった。

当然、勃起が収まるはずもなく、俺はさらに彼女に搾り取られてしまうのだった。

# 第五章　事件の真相

モンスター脱走事件からしばらくの時間が流れ、学院内は落ち着きを取り戻し始めていた。

真相はわからずじまいだったものの、結果としてそこまで大きな被害もなく、学院も元のスケジュールに戻りつつあった。

まあ、今後警備体制は強化するにしても、いつまでも事件におびえて研究やカリキュラムを停滞させておく訳にもいかないだろう。

そういった訳で、学院はこれまでと同じような日常を取り戻していたのだった。

俺はといえば、相変わらず最高のハーレム生活を送っている。

学院が平常運転に戻っていくのに合わせて、賑やかになった寮エリアを歩いていく。

学生たちはもう完全に日常へと戻っているので、日が沈んだ後だというのに、友達の部屋へと向かったり、そこから帰る生徒で活気がある。

そういう俺も、今日はベルナデットに呼ばれていて、彼女の部屋を訪れるところだった。

この学院の風紀は割と緩い。生徒の自主性を重んじている、という建前もあるし、家格が高い相手に口出しをするのはいろいろと面倒だとか、研究者も多いのでのびのびやらせていたほうがいいというのもあるのだろう。

ともあれそのおかげで、俺もこうして夜に女子の部屋を訪れるなんてことが、なんの問題もなくできるのだった。

そんなわけで、ベルナデットの部屋を訪れる。

相変わらず豪奢な部屋だが、今日も人払いがされているようだった。

「ここ最近、学院内が騒がしかったですが……またこうやって、のんびりと過ごせそうでよかったですわ」

「ああ、そうだな」

今ではすっかり、お茶を淹れるのが上手くなったベルナデット。

俺たちはお茶を飲みながら、のんびりと話をする。

「普段、実家からいろいろと恩恵を受けてますけれど……その分というか、何かあると過剰反応なのは困りますわ……」

「ベルナデットの場合、自分自身が優れた魔法使いっていうのもあるしなぁ」

先日の脱走事件でも、彼女は逃げ出したモンスターの討伐などで活躍していた。

けれど、やはり本質的には良家のお嬢様なわけで。

そういった問題が発生してしばらくは、かなり厳重に護衛がついて、身動きが取りにくくなっていたようだ。

まあ、侯爵の娘ということを考えれば、本来はこうして人払いをできる状況のほうが、なかなかないことなのかもしれない。

そんなわけで護衛に付き従われ、最低限の移動しかできなかったベルナデットは窮屈な思いをしていたらしい。そのあたりは、俺のような一般人にはわからない苦労だ。

「わたくしの場合、跡継ぎというわけでもありませんし、早く嫁《とつ》げば、そんなこともないのかもしれませんけれどね」

彼女は涼しい顔でそう言うと、ちらりとこちらを見た。

意味はもちろんわかる。俺としては大歓迎だが、ペナスー家のほうはどうだろう。

いや、でも俺は一応精霊の目というレアスキルの持ち主だし、その副次効果で魔力量もものすごく多い。跡継ぎでない貴族子女の相手としては、案外悪くないのかもな。

そんな話をしていると時間も過ぎていき、雰囲気も変わってくる。

俺たちはお茶を飲み終えると、ベッドへと向かったのだった。

「ラウルとこうして過ごせるのも、久しぶりですわね♪」

上機嫌にベルナデットが言った。

「いろいろ、大変だったからな」

ふたりでいるときはもうあまり意識しなくなってきているが、それでもやっぱり彼女は上位貴族のお嬢様なわけで。俺のような平民とはいろいろと立場が違うのだ。

そんな彼女と肌を重ねられるのは特別なこと……。

今回離れてみて、あらためてそれがわかった。

まあ、いざ抱くとなれば、そこにいるのはただの美女で、肩書きなんて関係なくなってしまうのだけれど。

「ん、ちゅ……」

軽く背伸びして、彼女がキスをしてくる。俺はそんな彼女を抱きしめて、唇を重ねた。

「んむっ、ちゅっ……」

もう一度キスをし、唇を離すと、彼女は次に舌を伸ばしてきた。

「ちゅっ……れろっ……んむっ……」

それを受けて、彼女の舌を愛撫していく。

互いの舌を絡め合って、なぞりあう。唾液を交換し合うように口づけを交わす。

そして唇が離れると、彼女は俺をベッドへと押し倒してきた。

その誘いに乗って、そのままベッドへと倒れ込む。

ベルナデットのベッドに寝そべると、質のいいマットの柔らかさと、彼女のいい匂いに包みこまれる。そんな俺の上に、彼女が身体を合わせてきた。

「ん、会えなかった分、今日はいっぱいわたくしを感じさせて差し上げますわ♪」

そう言うと、彼女は俺の服を脱がせていく。

俺も下から手を動かし、彼女の服を脱がせていった。

胸元をはだけさせると、ベルナデットはすでに下着を着けておらず、その爆乳がぷるんっと揺れながら現れた。

「おお……」

何度見ても、やはり素晴らしいおっぱいだ。

ものすごいボリューム感の乳房。

しかも今は見上げる形になっているので、より存在感がある。

「ふふっ、そんなに熱い視線で見られると、はずかしいですわね♪　それじゃ、今日はこの胸を使って気持ちよくして差し上げますわ」

おっぱいに見とれていると、俺のズボンをパンツごと脱がしながら、ベルナデットが嬉しそうに言った。

「ほら、こうやって、んっ……」

彼女はその自慢の胸で、俺の肉竿をはさみこんでいった。

柔らかくもむっちりとした、ボリュームたっぷりのおっぱいが肉棒を包みこむ。

「んっ、おっぱいの中に、おちんぽが埋まってますわ♥」

彼女の爆乳に、まだ完全な状態ではない肉棒がすっぽりと埋もれてしまう。

「こうして、むぎゅー♪」

「うぁ……！」

爆乳を両側から挟むようにして力を入れて、肉竿を圧迫してきた。

その気持ちよく柔らかな責めに、肉棒がぐんぐんと膨らんでいく。

「あんっ♥　わたくしのおっぱいの中で、おちんぽがどんどん硬くなってますわ……♥　ほら、んっ、押し返してきて、あんっ♥」

「う、ベルナデット……」

「あはっ、ラウルってばすごく気持ちよさそうですわ。おちんぽをおっぱいに挟まれて、むぎゅーってされるの、いいんですの？」

「ああ……すごくいいよ」

俺がうなずくと、彼女はそれに応えるようにまた圧迫してきた。

「あんっ、硬くて熱いのが、おっぱいを押し返してきますわ……。ん、ふぅっ……」

彼女はそのまま、むにゅむにゅと胸を使って肉棒を刺激してくる。

俺はその気持ちよさに身を任せて、されるがままになっていた。

「こうして包みこんでいるだけで、おちんぽの熱さでやけどしちゃいそうですわ♥」

そう言いながらも、彼女はさらにむぎゅりと肉棒を責めてくる。

ボリューム感たっぷりのおっぱいに押しつぶされて、肉棒が高められていった。

「こうやって、ん、挟み込んでむぎゅむぎゅしてるだけで、あふっ♥　わたくしもどんどんえっちな気分になってしまいますわ……」

ベルナデットが乳圧をかけてくると、その爆乳が形を変える。

そんないやらしい光景だけでも最高なのに、爆乳おっぱいに肉棒がしっかりと包みこまれているのだ。

「あふっ……ん、しょっ……」

彼女が両手を使って胸を動かしてくる。

しっとりとした肌と、ハリのあるおっぱい。

柔らかく包みこんでくる乳肉はとても気持ちがいい。

こうして圧迫されているだけだと射精にはほど遠いが、爆乳でチンポを挟んでご奉仕してくれている光景や、その温かさを感じているのはとてもいい。

「ん、しょっ……ふぅ、んっ……。そろそろ、もう少し激しくしますわね？」

そんな俺の反応を見て、ベルナデットは妖しい笑みを浮かべた。

普段はクールな印象の美女であるだけに、一度エロスイッチが入ると破壊力がすごい。

「まずは動きやすいように、濡らさないといけませんわね。あーむっ」

彼女は一度胸を離すと、肉棒を深くくわえ込んできた。

「うおっ……」

おっぱいとはまるで違う温かさと、絡みついてくる舌。

「れろぉ……♥　ぺろっ、ちゅっ……ちゅばっ、ちゅぅっ……」

「うっ……」

じゅぶじゅぶとしゃぶられると、今度は射精に繋がるような動きに、欲望がわき上がってくるのを感じる。

けれど彼女は一通り肉棒をしゃぶってなめ回すと、口から出してしまうのだった。

「これだけ濡らせば、大きく動いても大丈夫ですわね♪　まずはわたくしの胸できもちよくなってもらうのですから」

そう言って、再び爆乳で肉棒を挟んできた。

「うおっ……」

むにゅりとした柔らかさと同時に、唾液で滑りが良くなり、にゅるにゅると動いていく。

「このまま、んっ、上下に動かしていきますわ」

そう宣言すると、ベルナデットはその爆乳おっぱいを両手で持ち上げるように揺らし、パイズリを始めた。

「ん、しょっ……」

じゅりゅっ、にゅぽっ……と極上のおっぱいが肉棒をしごき上げていく。

「あぁ……これはすごいな」

膣内のような襞による刺激はないものの、むっちりとした極上おっぱいの柔らかさとボリューム感は素晴らしい。

「えいっ、ん、しょっ……」

それに、爆乳をゆっさゆっさと揺らす彼女の姿。

そのエロい光景は、パイズリでしか楽しめないものだ。

「あふっ、ん、しょっ……えいっ……どう？　って、聞かなくてもわかりますわね♥　ラウルのおちんぽが喜んでますわ」

「ああ……そうだな。すごくいい」

俺が応えると、彼女はさらに激しく胸を動かしてくる。

「あんっ♥　先っぽがぬぷぬぷ顔を出して、すごくえっちですわね♥」

彼女がおっぱいを動かしていくと、亀頭が谷間から飛び出し、再び飲まれていく。

一度出てくることで、おっぱいに埋もれていくところをより意識させられるのが卑猥だ。

外気に触れて一瞬だけ冷やされたところで、再び温かく柔らかなおっぱいに包みこまれるのも、独特の気持ち良さがある。

そして当然に、おっぱいでしごきあげられる快楽も素晴らしかった。

「ん、ふぅっ、あぁ……♥　おちんぽがぐいぐい胸を押して、ん、むぎゅー！」

「うぁ……それ、すごいな……」

爆乳の乳圧でしっかりとこすられていくと、すぐに射精欲が高まってきてしまう。

俺はその快楽に身を任せて、パイズリを堪能していった。

「あふっ、ん、しょっ……」

「ベルナデット、そろそろ出そうだ」

「いいですわっ……ん、あふっ……♥　わたくしのおっぱいに、いっぱい射精してくださいな。ん、あふぅっ！」

彼女はそう言うと、その爆乳を弾ませて、肉棒をしごき上げてくる。

「あふっ、ん、しょっ、おちんぽ、先っぽが膨らんできてますわね……♥　ん、このまま、むぎゅっ、むにゅぅっ♥」

「うっ、出るっ！」

俺は爆乳に挟まれたままで射精した。

「ひゃうっ！　すごい勢いですわ♥」

谷間から吹き上げるように出た精液が、彼女の顔と胸を染めていく。

「あふっ、おちんぽがびくびく跳ねて、熱いのがびゅくびゅく出てますわ♥」

精液を受け止めた彼女はうっとりと微笑んでいる。

俺はそのエロい顔を見ながら、射精後の余韻に浸っていたのだった。

「あぁ……♥　こんなに元気なおちんぽを見ていたら、ん、わたくしのここもうずいてしまいますわ……♥」

彼女はそう言うと、飛び散った精液を拭ってから、俺に覆い被さってきた。

そして自らの割れ目を広げると、そそり勃ったままの肉棒へと下ろしてくる。

「あふっ、ん、あぁ……♥」

「う、出したばかりでそれは、うぉ……」

射精直後の肉棒が、おまんこに咥えこまれている。

パイズリで興奮が高まっていた膣内は、肉竿を絞り上げてきた。

出したばかりの亀頭には強すぎる刺激だが、令嬢おまんこに包まれていると、すぐに欲望が復活してくる。

「あふっ、ん、動きますわよ……」

彼女はこちらへと身体を倒してきた。

その動きで膣襞がこすれ、肉竿が気持ちよくなっていく。

「んっ、ふっ、あぁ……♥」

俺に身体を密着させながら、ベルナデットは小さく腰を振っていく。

彼女が腰を上下させるたびに、そのおっぱいがぎゅむっぎゅむっと俺の胸板に柔らかく押し付けられていた。

「あふっ、ん、あぁ……♥」

おっぱいを堪能し、肉棒はおまんこに搾られていく。

その気持ちよさを感じていると、俺自身もまた元気になっていく。

「ほら、ベルナデット」

「ひうっ、あっ、んっ、そんな奥まで、んっ♥」

ぐっと彼女の腰を引き寄せると、先端がぐりっと膣襞に擦れ、彼女が声をあげる。

お返しとばかりに膣道が狭まり、肉棒を締め上げてきた。

その気持ちよさに思わず声を漏らすと、彼女は妖艶な笑みで俺を見た。

「ふふっ、元気なおちんぽ……♥　いっぱい搾り取って差し上げますわ」

「ああ、そうしてくれ」

そう言いながら、俺は彼女の丸いお尻をつかみ、こちらへと引き寄せる。

「んあぁっ♥」

ぐっと肉棒に貫かれ、彼女がまた嬌声を漏らした。

「あふっ、やっぱりラウルのおちんぽは、すごく凶暴ですわ♥」

嬉しそうに言った彼女が腰を動かしていき、俺を責めてくる。

「あふっ、ん、あぁ……！」

彼女は俺の上に乗ったまま、腰を振っていく。上半身も密着させているので、動く度にそのおっぱいがむにゅむにゅと気持ちよく押しつけられてくるのだった。

「あぁ♥　ん、あふっ、んぁっ……！」

そのまま激しく、お互いに腰を動かしていく。

「んはぁ♥　あっ、ラウルのおちんぽ……♥　私のおまんこを、ズンズン突き上げてきてっ……！　ん、あぁっ……♥」

ぱちゅっ、くちゅっといらしい音が響いていく。

密着して熱くなる彼女の肌。

「あふっ、ん、しょっ、あぁっ……♥」

そして顔のすぐ上から聞こえてくる艶めかしい声と、とろけた表情。

そのエロさに俺は昂ぶり、彼女の裏腿へと手を回す。

「あっ、ん、くぅっ！」

そしてベルナデットを引き寄せて、その膣奥を目指していった。

「んはぁっ♥　あっ、あぁ……♥　ラウル、ん、それ、んくぅっ！」

「久しぶりな分、たくさん感じてくれ」

「あっ、んはぁっ♥　あっ、ん、うぅっ……。十分感じて、あ、ああっ！」

お嬢様である彼女が、俺のチンポでよがっている。

昔では考えられなかった状況だが、今ではそれも日常だ。

少し会えなかっただけで、こうもエロく求めてくれるようになっている。

「あっあっ♥　ん、あふっ、んぁ、あぁっ……ラウル、んぁっ♥　あっ、もっと、わたくしの中に、んぁ、ああっ！」

「うおっ……！」

彼女は全身で俺にしがみつくようにして、密着していく。

爆乳を押しつけながら、腰を俺へと打ち付けてきていた。

「あぁっ……♥　ん、あふっ、んぁっ……！」

しっとりと汗ばんだ肌がピストンに合わせて俺の肌をこすり、ベルナデットの柔らかさを伝えてくる。俺しか知らない、エロい女の表情で腰を振る彼女に、俺はどんどんと高められていった。

「あっ、んはっ♥　おちんぽ、中で大きく、ん、あうっ……！　わたくし、もうっ、あぁっ……♥」

「ぐっ、ベルナデット……」

ラストスパートで腰を動かしていく彼女。

その激しい抽送で、肉棒から精液を搾り取ろうとしてくる。

膣襞もしっかりと絡みつき、肉竿を刺激していた。

「いくぞ、そらっ」

「んくうぅっ♥」

俺のほうも腰を突き上げて、熱いおまんこをかき回していく。

「んはぁっ！　あっ、もう、だめっ、ですわっ……♥　わたくし、あっ♥　イクッ……！　ん、あう、んはっ♥」

嬌声をあげる彼女の膣内がうねり、肉竿を締めつけてきた。

俺もラストスパートで、腰を突き上げていく。

「んはぁっ♥　あっ、イクッ、もうっ、あっ、ああっ……！　わたくし、んぁ、イクイクッ、イックウウゥウゥウッ！」

「う、あぁ……」

彼女がぎゅっと力を込めながら絶頂する。それと同時に膣襞がきつく絡みつき、肉竿を締め上げた。俺は射精へ向けて、その絶頂おまんこを往復していく。

「んはぁっ！　あっ、あぁ……♥　イってるっ、イってますわっ……！　そんなに突かれたら、んはぁっ、ああっ！」

絶頂おまんこを犯されて、彼女がさらに嬌声を漏らしていった。

「あぁっ、だめぇっ♥　イってるのに、また、あっ、んあはぁっ！　あんっ♥　んくうぅっ♥」

「うっ、出すぞっ……！」

びゅくんっ、びゅくっ、びゅるるるるっ！

俺は連続イキしているその膣内で射精した。

「あぁぁぁぁぁぁっ♥」

中出しを受けたベルナデットのおまんこが、射精中の肉棒を絞り上げてくる。

そのおねだりに応えるように、俺はしっかりと精液を注ぎ込んでいった。

「あっ、あぁ……♥　ラウルのザーメンが、んぁ♥　わたくしの中に、いっぱい出てますわ……♥」

彼女はうっとりとそう言うと、そのまま俺に抱きついてきた。

すでに密着状態だった中、さらに彼女の手が回される。

俺も彼女の背中へと手を回し、そのまま抱きしめた。

「ね、ラウル……」

彼女は至近距離で、俺を見つめる。

「今日は、疲れ切って寝ちゃうまで、いっぱいしてくださいね♥」

「ああ……」

そんなおねだりに俺はうなずき、抱きしめている彼女と体勢を入れ替える。

そしてそのまま、二回戦目に突入していくのだった。

●

ベルナデットと過ごすことが増えて、最初はクールなお嬢様、という感じだった彼女の印象も、かなり違うものになっていた。

たしかに、魔法や学業などに関してはしっかりとハードルをもうけ、厳しい面もあるのだが、それは貴族としての姿勢を求められる中で育ったからだ。

むしろそれ以外の場面で接することの多い俺にとっては、かわいらしくてえっちな女の子、という感じだった。

そして俺は今、放課後の空き教室でベルナデットと会っていた。

レリアは研究施設での実験協力に行っているので、ふたりきりだった。

放課後の学校は、授業の合間に比べると、とても静かだ。

ここが少し離れたところにある教室だというのも、あるだろうけれど。

他の生徒たちはだべるときも、中央棟を使うことが多い。

一番中心だし、便利だからな。

対してここは一部のゼミなどに使われるだけの西棟で、授業のあるときはそれなりに賑わうけれど、放課後はあまり人がいない。

カフェなどの施設や寮からも離れていて、利便性が低いしな。

人が少なくて静かに過ごせるのはいいところだけれど、人がこないようにというなら、寮の部屋が一番だしな。この学院は貴族や大商人の子女か特待生ばかりだという性質上、みんなそれなりに広めの個室を寮内に持っているし。

ふたり一部屋で暮らしてる俺とレリアが特殊なのだ。

まあ、ベルナデットも使用人を連れ込んでいるので、上位の貴族だとそういうことも多いのかもしれない。正直なところ、ベルナデット以外の上位貴族とはあまり接点がないので、実際のところは知らないのだった。

ともあれ、そんな訳で空き教室にふたりきりだ。

周りの教室に他の生徒はいない。

俺たちはお茶を飲みながら、くつろいで話しているのだった。

「こういうのも憧れていたのですが、なかなか機会がなくて……」

そう言って、ベルナデットは楽しそうに笑う。

「まあ、普通はそうだよな」

侯爵家のお嬢様と、空き教室でだらけようとは普通は思わないだろう。

最低限でも、部屋に招いてのちゃんとしたお茶会になってしまう。

貴族じゃない上に、他の貴族組の生徒とも関わりが薄い俺が相手だからできることだ。

「お茶がカップじゃないというのも、新鮮ですわ」

彼女は、俺が用意した使い捨て容器にも興味津々みたいだった。

紙製コップをくにくにといじっている様子は、なんだか幼い子供みたいだ。

「あんまりいじってると形が変わるぞ」

「柔らかな素材というのが、面白いですわね」

彼女が普段使っているカップは、きっと一流の陶器ばかりなのだろう。

紙コップなんて触れる機会さえなかったんだろうな。

魔道具で作り出されるそれは新製品で、帝国ではまだ珍しいものだ。だがベルナデットの評価としては、やはり正式なものよりは劣るという感じのようだ。

そんなふうに紙コップをいじってるベルナデットを、微笑ましく眺める。

俺自身はもう紙製にも慣れてしまったので、さしたる感慨もなく普通にお茶を飲む。

「きゃっ……」

そんなふうに思っていたら、紙コップに夢中になっていたベルナデットは、少し中身をこぼしてしまったようだ。

そこまで大量にこぼれたわけではなく、お茶は彼女のストッキングを軽く濡らした。

「粗相《そそう》をしてしまいましたわ……」

熱いわけでもないので、ベルナデットも特に慌てた様子はない。

「濡れてしまったので、脱ぎますわね」

そう言って、彼女は紙コップを机に置いて立ち上がると、そのままストッキングを脱いでいった。

スカートの中に手を入れてストッキングを脱ぐ姿は、ここが教室だということもあってなんだかエロい。

俺は思わず、そんな彼女に見とれてしまう。

普段ならそんなはしたないことをしない彼女だが、放課後の空き教室で他に人もおらず、相手が俺だけだということで油断していたのだろう。

するするとストッキングを脱ぐ姿を見ていると、なんだかムラムラとしてきてしまう。

「ん、しょっ……」

彼女は膝あたりまでストッキングを脱ぐと椅子に座り、そのままつま先まで脱いでいく。

すこし足を上げた姿勢になり、スカートが揺れて中が見えそうだ。

お嬢様が、無防備に脱いでいる姿をのぞき見る背徳感。

俺は思わず立ち上がると、彼女に近づいていった。

「どうしました？　ラウル？」

「今のベルナデット、すごくエロいな」

俺が素直に言うと、彼女は驚いたような顔になった。

「ええっ……。その、はしたない姿を見せて申し訳ありませんわ。でも、その、エロい、ですか？」

「ああ、すごくそそる」

「もうっ……」

俺が肯定すると、彼女は恥ずかしそうにしつつも、まんざらではない様子だった。

そんな彼女の後ろへと回り、そのまま抱きしめる。

「あんっ……ラウル、もう……。それじゃ、わたくしの部屋へ行きましょうか？」

欲情した俺に後ろから抱きつかれて、ベルナデットが少し嬉しそうに言った。

このまま彼女の部屋に行くのも悪くはない。

だが……。

「いや、そこまで我慢できない」

そう言いながら、手を彼女の胸へと動かしていく。

そして制服の上から、そのたわわな爆乳へと触れた。

「んっ、ラウルっ……ここは教室で、あんっ」

さすがに、一瞬抵抗しようとしたベルナデットだったが、俺がボタンへと手をかけると、諦めたようだった。

「もうっ、そんなことして……」

彼女も内心、教室でしてみたいと思っていたのか……あるいは純粋に、求められるのが嬉しいのか。

そのまま俺を受け入れてくれるようだった。

そんな彼女の好意に甘えて、俺は彼女の服をはだけさせて、そのおっぱいを露出させてしまう。

ホックを外してブラをずらすと、ぷるんっと揺れながら爆乳があらわになってしまった。

「あぅっ……。教室でこんな、んっ……」

普段は勉強している教室でおっぱい丸出し、ということで、彼女は羞恥心を刺激されているようだ。けれどそれは、すぐに快感へと繋がっていく。

「あんっ、んっ♥」

俺はそのまま、たわわなおっぱいを揉んでいく。

多くの生徒がその気品や美しさに注目しつつ、どうしても一度は惹かれてしまう、極上のおっぱい。

それを思いきり堪能できる幸せを感じつつ、愛撫を続けていった。

「んっ、わたくし、教室で……あぁ……♥　ラウルはすごくえっちですわ……」

「そう言うベルナデットも、教室でおっぱい丸出しなのに、もう感じてるだろ？」

「それは……うぅっ……」

彼女は否定しきれず、小さく声を漏らした。

そんなベルナデットのおっぱいを、こねるように揉んでいく。

「んっ……あっ、うぅ……」

「乳首、もう立ってきてるな」

そう言って、俺は爆乳の頂点でつんとすましている乳首を、指先でもてあそんだ。

「んはぁっ♥　あっ、あぅっ……」

彼女は敏感に反応してくれる。

それに気をよくした俺は、さらに乳首を責めていった。

「んはっ、あっ、んぅ……。そんなに、乳首を、んぁっ……！」

「気持ちよくないか？」

意地悪にそう尋ねると、彼女は小さく首を横に振った。

「気持ち、いいですけどっ……！　あっ、んぅっ」

快楽に身もだえる彼女を楽しみながら、片方は乳首を、もう片方はその柔らかなおっぱいをもみ込んで楽しんでいく。

「あふっ……ん、あぁ……♥」

艶めかしい声を漏らしながら、ベルナデットはされるがままになっていた。

俺は手を下へと下ろし、彼女の膝に触れる。

「んっ……」

いつもならストッキングに隠れている膝だが、今は直接その肌に触れている。

学院の女子なら誰でも普通に出している部分なのに、彼女のそれは普段隠れているというだけで、とてもエロかった。

「ラウル、あんっ……」

その膝を撫で回すと、俺の手はゆっくりと上へと向かう。

彼女の内腿に手を這わせて、軽く焦らすようにくすぐっていった。

「あうっ、ん、あぁ……手つき、えっちですわ……」

彼女は小さくそう言うと、スカートの裾を軽く伸ばすようにした。

それを見て、俺はスカートの内側へと手を滑らせていく。

「あうっ、ん、あぁ……」

内腿をなぞりながら、さらに上へ。

そしてそのまま、付け根までたどりつく。

「あうっ、んぁっ……♥」

ショーツ越しに割れ目をなぞると、そこはもう湿り気を帯びていた。

そのまま下着をずらして、今度は直接割れ目に触れていく。

「ん、あぅっ、うぅっ……」

「教室でこんなに濡らして……ベルナデットもすっかりとえっちになったな」

「あぅっ、ラウルが触るから、んぁ、ああっ……♥」

くちゅくちゅと彼女のアソコをいじっていく。

「あふっ、ん、あぁ……」

指先を軽く体内に忍びこませ、蜜壺をかき回していく。

「あぁ、ん、わたくし、んぁっ……♥」

「教室でおまんこいじられて、すっごく濡らしてるな。いつもはここで勉強してるのに、こんなえっちな姿になって……」

「いやぁ……♥ ラウルが、ん、あぅっ……！」

彼女は恥ずかしそうにしながらも、さらに愛液を溢れさせてきた。

羞恥とともに感じているのだ。

そんなお嬢様のおまんこを、さらにいじって感じさせていく。

「んはっ♥ あ、ラウル、ん、くぅっ……！」

彼女は嬌声をあげて、身体を揺らしていく。

足を広げさせてから、俺は蜜壺をさらにかき回していった。

「あっ♥ だめっ……そんなにされたら、わたくしっ……♥ んっ、あぁっ……感じて、あぅっ！」

エロく身もだえるベルナデットの姿は、俺を興奮させていく。

普段はみんなが彼女を遠巻きにしつつ憧れている教室で、こんなにエロい姿で感じているのだ。

「あうっ。だめっ……♥　イってしまいますっ……あっ、こんなの、教室で、わたくし、ああっ！」

びくんと身体を跳ねさせるベルナデット。軽くイったのかもしれない。

「あっ、あぁ……♥」

エロい姿で身もだえている彼女に、俺も興奮を抑えきれなくなる。

肉棒はもうズボンの中で膨れ上がっていた。

「ベルナデット、立てるか？　机に手をついて、お尻をこっちに突き出して……」

「あっ……♥　はい……わかりましたわ……」

俺が何をしようとしたのか察した彼女は、言われるままに立ち上がる。

そして自らスカートをまくり上げて、机に手をついた。

そしてお尻をこちらへと突き出してくる。

「おお……いいなこれ」

「あぅっ……♥　ラウル、ん、わたくしのここに……」

彼女のアソコは愛液をこぼしながら、肉竿を待ち望んでいるようだった。

挿れやすいよう……あるいは俺を誘いやすいように少し足を広げており、おまんこが丸見えになっている。俺は肉棒を取り出すと、その入り口へとあてがった。

「あっ、んっ……♥　硬いの、当たってますわ」

「ああ。このまま挿れるぞ」

「はいっ……んはぁっ♥」

腰を前へ出すと、肉棒がおまんこへと飲み込まれていく。

うねる膣襞が肉竿へと絡みついてきた。

「あぅっ、わたくし、教室で……あぁ……こんなこと、ん、あぅっ……♥」

俺はそのまま彼女のお尻をつかみ、腰を振っていく。

「あんっ、あっ、んはっ……！」

ぐちゅぐちゅとおまんこをかき回し、その襞の感触を楽しんでいく。

パンパンと腰を尻肉に打ちつける音が教室に響いた。

「ほら、こんなにえっちな音をさせて、教室でよがって……どうだ？」

「んぁっ♥　だめぇっ……こんなの、あっ、んはっ♥」

「ベルナデットのエロい声も、廊下まで聞こえちゃってるぞ」

「んはっ、あぁ……それは、ん、んんっ……」

彼女はきゅっと唇を引き結んで、声を押さえようとした。

その健気さがかわいくて……意地でも喘がせたくなってしまう。

俺は彼女の感じる場所を探しながら、おまんこのいたるところを亀頭でこすっていく。

「んくぅっ！　あっ、そこ、んはっ♥」

上手くいいところに当たったのか、ベルナデットがはしたないほどの嬌声をあげた。

「やっ、あ、だめぇっ♥　本当に、んぁ、聞かれちゃいますわっ……！　あっ、んはぁっ。あうっ、んぁっ……！」

「大丈夫。どうせ誰も通らないし……もし声が聞こえても、ベルナデットだなんて思うはずないさ」

「そんな、ことない……あ、んぉっ♥　声で、ばれますわっ、んぁっ……！」

彼女はそう言うが、どうだろうか。

「普段は気品があって、落ち着いているベルナデットだ。みんなが知ってるのも、その声だけだろ？こんなふうに、おまんこ突かれてよがってる、スケベなベルナデットの声は知らないさ」

「んはっ♥　あうっ、そんな、あっ♥　んぁ、あぁ……」

彼女は否定しきれない、というように言葉を飲み込んだ。

「だから大丈夫。安心して喘いでくれっ！」

そう言いながら、また弱いところをチンポで責める。

「んくぅぅっ♥　あっ、あぁっ！　あんっ♥」

彼女は受け入れて、思いきりエロい声を出した。

この空き教室に来る者なんていない。とりあえず、今は。

「でも、このままにしたら、明日ここにきた生徒がベルナデットのエロい匂いに気づくかもしれないな」

じゅぽじゅぽとピストンをする度に、彼女のおまんこからは愛液がこぼれている。

教室には性臭が漂っていた。

「あぁっ♥　ん、そんなの、あぅっ……[illegible]

「恥ずかしがってる割に、こっちはさら[illegible]

そう言いながら、俺は勢いよく腰を振[illegible]

「んはっ♥　あっあっ♥　やっ、ラウル[illegible]

激しくなったピストンに、ベルナデッ[illegible]

蠕動する膣襞が肉棒に絡みついてきて[illegible]スパートで腰を振っていった。

「あっ、ん、あぁっ……！　ラウル、んぁ、もうっ、あぁっ……イクッ！　んぁっ♥」

俺のほうも限界が近かった。

普段はクールで高嶺の花であるベルナデットを、教室で犯しているのだ。

その興奮のまま腰を振り、彼女の奥まで突いていく。

「んはっ♥　あっあっ♥　もう、だめっ……。イクッ、イクイクッ！　んはぁぁぁぁっ♥」

びゅくんっ、びゅるっ、びゅるるるるっ！　俺は彼女が絶頂したのに合わせて射精した。

「あふっ、んぁ、あぁっ♥」

絶頂おまんこが肉棒を締めつけ、精液を搾り取っていく。

俺はその気持ちよさに身を任せるまま、大量に吐精していった。

「あふっっ……あぁ……♥　わたくし、教室でエッチして……中出しされてますわ……♥」

彼女はそうつぶやくと興奮したのか、おまんこがまたきゅっと締めつけてきた。

俺は弛緩するベルナデットの身体を支えながら、肉棒を引き抜いていく。

「うぅ……こんなはしたないこと……」

「でも、気持ちよかっただろ？」

俺が尋ねると、彼女はこくん、と小さくうなずいた。

そんなかわいらしい仕草をされると、このままもう一度したくなってしまうが、そろそろ危険か。

ちゃんと後始末をしてから、俺たちは教室を後にしたのだった。

●

授業再開からもしばらくたち、今度はこれまで延期になっていた課外授業などが一気に始まっていた。遅れを取り戻すかのように、様々な学科が同時に課外授業を行い、またフィールドワーク系の研究も再開している。

減ってしまった研究用モンスターを集めるための人員も出払ったので、最近は学院内から人が減っているように感じる。

俺たちはといえば、先日ダンジョン研修に行ったばかりということもあり、生徒の減った学院でのびのびと、座学の授業を受けることになっていた。

「しかし、これだけ人がいないと、ここはものすごく広く感じるよな」

「普段はすごく賑やかだもんね」

授業と授業の合間の時間、教室の移動中に、レリアとそんな話をしながら歩く。

といっても、俺は次の授業をとっていないので、一度寮に戻るか、校舎にある食堂などで一時間分時間を潰すか、という感じだ。

いつもなら他の生徒たちもあちこち行き交っているのだが、今日は広々とした中庭や渡り廊下、校舎内を歩く生徒は、いつもの三分の一以下といったところだろうか。

学院内に残っているのが主に、先日のダンジョン研修に行った生徒たちなので、今日は知っている顔をちらほらと見かけることも多かった。

「まあ、滞っていた分の課外授業が終われば、また元に戻るんだろうけれどな」

これくらい空いていると、移動も楽だ。

食堂にも人が少ないので、休憩だけならわざわざ寮のほうまで戻らなくてもいいかもしれない。

同じ敷地内とはいえ、やっぱりそれなりに距離もあるしな。

そんなわけで俺としては、寂しさよりも便利さのほうを感じてしまうな。

などと話をしながらのびのびと歩いていると、ベルナデットを見かけた。

彼女は少しそわそわとした様子で、校舎裏のほうへ向かっていく。

「あれ、ベルナデットだね」

同じくそれを見つけたレリアが、指をさしながら言った。

「ああ。でも、どこに行くんだ……？」

彼女が向かう先に、教室はない。そちらは研究棟のほうだ。

「まあ、ベルナデットならいろんな先生の手伝いでもおかしくは――」

「おーい、ベルナデットー！」

俺が納得しそうになっている間に、レリアがそちらへと駆けていった。

まあ、俺は暇だし、ベルナデットが忙しくないなら一緒に過ごすのもいいだろう。

そんなわけで、俺もレリアを追ってベルナデットへと近づいていく。

「ああ、おふたりとも」

呼びかけられたベルナデットが、気づいてくるりと振り返る。

彼女は俺たちの登場に少し驚いたようだった。

「研究棟に用事か？」

大変だな、というニュアンスを込めて問うと、彼女は小さくうなずいた。

「用ということもないのですが、かなり不審な様子できょろきょろしながら、こちらへと歩いていった人物を見かけたので……」

「ほう……」

生徒たちは、すでに日常に戻ってのびのびとした——あるいは締め切りが迫る補習課題の忙しさに追われながら——普通の生活に戻っているが、教師たちのほうはまだピリピリしている人もいる。

そんな中で挙動不審だというなら、ベルナデットが気になるのも無理はないだろう。

特に今は課外授業の影響で、研究棟も生徒のみならず職員が少ない状況だ。

なにか事を起こすには、確かにうってつけと言えるかもしれない。

「俺たちも行ってみるか」

「そうだね」

レリアと話すと、ベルナデットもうなずいた。

「それは心強いですわ」

そして俺たち三人は、足早に研究棟のほうへと向かう。

研究棟は、フラヴィの手伝いでよく出入りしているので慣れている。そっと様子を探りつつ近づくと、正面玄関側ではなく、裏手からなにやら人の話し声がするようだ。

「このまま、静かに近寄ってみましょう」

「ああ、そうだな」

ベルナデットにうなずくと、俺たちはこっそりとその様子をのぞき見た。

「フラヴィ先生、どうしたんですか、こんなところで？」

そこにいたのは、フラヴィとジールだった。

ふたりとも教師であり研究者であるふたりだ。ここにいるのは、おかしなことではない。

けれどその空気は、ずいぶんと不穏な感じだった。

「いえ、それはこちらの台詞なのだけれど……？」

彼女たちは向かい合って話している。

魔道具の研究者であるフラヴィと召喚術の研究者であるジールは、専門の遠さからあまり一緒にいるのを見たことはなかった。

「こんなところでそんなに大きな魔力反応をさせて、どういうつもりなのでしょう？」

フラヴィの問いかけに、ジールは軽く肩をすくめた。

「いえ、ちょっとした実験のために動いていたのですが、まさかフラヴィ先生がこんなところへ顔を出すなんて、ね」

研究棟の裏手は奥まった場所であることもあって、あまり人が来ない。

普通なら、正面のほうから入るだけだからな。

今の状況でそんなところにわざわざくるのは、確かに怪しい。

まあ、こうして物陰から覗いている俺たちは、もっと怪しいのだが。

「ベルナデットも、ジール先生の授業をとってたっけ？」

召喚術は人気の学科だから、ジール先生の授業を受けている者は多い。

「ええ。でも、さほど話したことはありませんわね」

「そうか」

俺自身も、ジールとはそこまで話していたわけじゃない。

もちろん、教師と生徒として多少の会話はあったものの、そのくらいだ。

だから、彼女がどんな人物なのかというのは詳しくない。

「でも、召喚術といえば……」

「ああ、そうだな」

モンスターの脱走事件。

あれは結局、召喚系の魔術の仕業では、という可能性がいちばん高いという話だったはずだ。

そしてその調査を主に任されていたのが、召喚術の権威でもあるジールだ。

「そりゃ、証拠も見つからないはずだよな」

万が一にも、調べているのが犯人だったとなれば、わざわざ自分だとばらす必要なんてない。

当然、容疑者としては彼女だって疑われたのだろうが、そこは帝国でも一流の召喚術士。

こと召喚術に関わることであれば、他の魔法使いをだますことは可能だろう。

学院はたしかにセキュリティが高いが、この研究棟に関して言えば、それぞれの部署を受け持つ研究者の権限が強いのだ。

研究者自身も普通は自分の成果を隠そうとするし、お互いに干渉《かんしょう》はしない。

それに、よほどの理由がない限り、研究者がこの学院での地位や特権を手放すような悪事はしないものだ。これ以上の研究施設なんて、どこにもないのだから。

その前提を覆してまで……となると、やはり警備側も予測できずに、穴になるのだろうな。

そう思って見ていると、ついにジールは、邪悪な笑みを浮かべながら言った。

「いやいや、まさかフラヴィ先生が、モンスターを脱走させていたなんて」

「なにを……」

突然話し始める彼女に、フラヴィは驚きの声をあげる。

「いやぁ、狙いは学院にある、国宝級の高純度魔石ですか。魔道具の第一人者、魔石のスペシャリストであり研究者であるあなたは、あれほどの魔石をただ飾っておくのが惜しくなってしまった……ということなんですね」

ジールはつらつらと話を続けていく。

それは半分は自白であり、同時に、フラヴィにかぶせる罪の説明だった。

「だからモンスターを脱走させて、それを奪おうとしたのね。そして今は、手薄なこのタイミングで、もう一度仕掛けようとした……と」

それを聞いて、フラヴィが身構える。

「残念ね。私にはラウルくんがいるもの。たしかに貴重な魔石はじっくり調べてみたいけど、わざわざ盗む必要なんてもうないのよ。さあ、大人しくなさい、ジール先生！」

「ふん。そんなことはどうでもいいのよ。私はずっと捜査を続け、あなたに目を付けていた。だから今、朝から挙動不審だったあなたを追いかけ、ついにそれを見つけた……というだけでね。私はあなたを捕まえようとした。けれど、未知の魔道具で反撃してこようとしたので――」

そう言って、ジールは軽く指を動かす。すると地面に魔方陣が描かれ、強い光を放った。

「ラウル」

「ああ！」

俺たちは飛び出していく。

フラヴィは研究者で、しかも魔道具や魔石、魔力変換のスペシャリストだ。

そのため、対モンスター用に制作した魔道具を除けば、本人の戦闘力は決して高いほうじゃない。

「私はしかたなく召喚術であなたを止め――っ、誰っ!?」

突然飛び出してきた俺たちに、ジールが気づいて注意を向ける。

けれど、そこはさすがに一流の召喚術士。

気がそれても魔法は止まらずにちゃんと発動し、そこからモンスターが現れた。

それは……リビングメイルだった。見た目は二メートル弱ほどの、人型のモンスターだ。

俺たちがフラヴィの前へ飛び出ると、甲冑の隙間から殺意が向けられる。

リビングメイルの、実際には存在しないはずの瞳がこちらを捉えたような気がした。

ドラゴンやオーガほどの派手さはないが、分厚い鎧は生半可な魔法を完全に防ぎ、すぐに距離を詰めて近接戦闘に持ち込んでくる強力なモンスターだ。

魔法使いにとっては、単純な大型モンスターよりもよほど厄介な相手だった。

それをよく知るベルナデットが強い警戒をあらわにし、フラヴィも身構えていた。

狭い裏庭ということもあって距離が詰めやすいから、リビングメイルは強敵だ。

「ラウル……」

「大丈夫だ」

俺は短く答える。彼女たちと触れ合う中で増していった力が、俺を支えていた。

「くっ、よりによってあなたたちとは。四人か、けれど……やれっ」

ジールが指示を出すと、鎧の向こうで何かが光る。

「グオオォォォッ」

引くうなり声を上げながら、リビングメイルがこちらへ向かってきた。

「はぁっ！」

ベルナデットが炎柱の魔法を放つ。けれどリビングメイルは盾でその魔法を防ぐと、ほとんど勢いを落とすことなく突っ込んできたきた。

フラヴィも護身用の魔道具で火球を放つが、まったく動じず鎧ではじき、ものともせずに突っ込んでくるリビングメイル。この硬さは、噂以上にやっかいだな。

そう思って俺は、まず岩の杭《くい》を魔法で撃ち出して、正面からぶつけた。

鋭さだけでなく、その重量も相当にある。オーガ程度でもなんとなかる魔法だが……。

さすがにリビングメイルの突進は止まったものの、奴はそこで踏みとどまり、弾き飛ばされることはなかった。しかし、動きが止まればそのぶん、魔法使いが有利になる。

レリアがすかさず光の矢を放つと、それは鎧の隙間からリビングメイルの中へと入り込み、ダメージを与える。

「くっ！　相手が悪かったか……」

それを見たジールが、逃げようとする。

彼女自身の戦闘能力は高くないものの、召喚術は離れたところからモンスターを呼び寄せる魔法。生身の人間ではそこまでの距離は出せずとも、術者自体を軽く移動させることは可能だ。

上手く使われれば、それに追いつくのは難しい。

「レリア、ジールを追ってくれ。こっちは俺が引き受ける」

「わかったよ！」

だが、光の精霊であるレリアなら別だ。

レリアの全身が光り輝き、信じられないスピードでジールへと向かう。

ジールは単距離の転移魔法で逃げるが、レリアは純粋な速度でそれを追っていった。

この学園内なら、どこに飛んでもレリアにはすぐに探知されるだろう。

好奇心旺盛な彼女は、日ごろから学院内を歩き回っていたので、この周囲をすっかり把握している。人間には分からないが、精霊には縄張りの微妙な変化を感じとる能力があるらしい。

この状況で、光の精霊から逃げ切るのは不可能だ。

俺はジールの追跡を任せ、リビングメイルへと向き合う。

これほど強力なモンスターは、かつての俺なら相手にすることはできなかっただろう。

それこそ、レリアに任せるしかなかった。

けれど、今は違う。

レリアと契約して成長し、フラヴィとの研究で魔力量が増し、ベルナデットとの訓練に付き合うことで使える魔法の幅も増えた。今の俺なら……きっとやれるはずだ。

フラヴィの護衛をベルナデットに頼んで、一歩前に出る。

「はあっ——！」

俺は幾本もの尖った氷柱を放ち、リビングメイルにぶつけていく。

その多くは厚い装甲にはじかれるものの、何本かは鎧の隙間を縫い、ダメージを与えていった。

それにこれは、はじかれた氷を再び固まらせ、リビングメイルを凍りつかせることも目的だ。

「グオオオォォッ！」

しかし一度は固まっても、リビングメイルはその強靭な膂力で氷を打ち砕いてしまう。

これでは、短時間の足止めにしかならない。

だが、全身に徐々にまとわりつく氷に動きを阻害され、確実に動作は鈍くなっていた。

少なくとも、最初のような即座に距離を詰めるムーブはできなくなっている。

魔法使いにとっては、それだけでも充分だ。

俺は足の止まったリビングメイルに、今度は高火力の燃焼魔法を放つ。

「グオオオオッ！」

業火がリビングメイルの身体を包み、その鎧を溶かすかのように熱を伝えていく。

ベルナデットの炎柱ほどの派手さはないが、俺の豊富な魔力量を活かし、高熱を長時間にわたって維持できる魔法だ。

しかし、相手も上級モンスター。その鎧を溶かしきってしまうことは叶わず、真っ赤に色を変化させながらもリビングメイルはまだ形を保っていた。

俺はそこでとどめとばかりに、氷よりもずっと温度の低い、極寒を生み出す凍結魔法でリビングメイルを包みこんだ。それは研究者であるフラヴィが、液体窒素と呼んでいた素材をヒントに俺が創り出したオリジナルの術式だった。俺だって、たまには頑張っていたのである。

赤熱するほど熱せられた状態から、急激に表面温度が下がっていく。

すると、リビングメイルの金属の身体に、ひび割れが拡がっていった。

急激な温度変化が、リビングメイルの鎧に負荷をかけたのだ。

「グゥ、ウゥウゥウッ！」

そして最後にもう一度岩柱の魔法で打撃を与えると、リビングメイルはついに砕け散った。

「ふぅ……」

そこで俺は、一息つく。彼女たちのおかげで強くなっているとはいえ、以前なら手も足も出なかったような強敵だったのだ。

それにやはり、実戦ということもあってすごく緊張した。ほんとうに、勝てて良かった。

「ラウル！」

程なくして、ジールを捕まえたレリアが戻ってきた。

光魔法の檻で彼女を拘束しており、もう転移はできない状態だ。

「まさか……リビングメイルが学生ごときに、あっさりやられるとはな……」

かすり傷すらない俺たちを見たジールは、驚愕の表情を浮かべる。

それでもう抵抗する気力もなくなったようで、フラヴィが呼んだ警備員にそのまま連行されていくのだった。

●

教師であったジールが捕まったことで、学院内は再びざわついた。

犯人がわかり、もうモンスターの脱走は起こらないという安心感はもちろん大きかったが、自分たちがよく知る人物の仕業だったのは衝撃だったみたいだ。

彼女は一流の召喚術士であり、学院にも長く在籍していた。

そんな彼女が犯人だったということで、学院内ではあらためて、様々なセキュリティの見直しが行われることになったようだ。

その後の調査で、魔石だけでなく様々な貴重な品や、各所の研究成果の持ちだしも計画されていたことが露見している。平和な時代とあって、帝国最高の研究施設が学院と併設され、緩やかに運営されていたことを逆手に取った犯行だったのだ。

その立て直しの一環で、教師であるフラヴィはちょっと忙しそうだったが……。

学生たちは犯人が捕まったことで落ち着き、気楽で賑やかな学院生活に戻っていったのだった。

そして、休み時間の学院内。

人によってはまだ授業があるのだが、俺は先ほどの講義で今日は終わりだった。

校舎を出ると、寮のほうへと向かっていく。

「ラウル、レリア！」

そんな俺たちに、ベルナデットが声をかけてきた。

「ベルナデット、お疲れ」

「おつかれー」

今日は授業がかぶっていなかったため、顔を合わせるのは初めてだ。

「この後って、もう授業はなかったですわよね？」

「ああ、そうだな」

「じゃあ、お部屋に行ってもいいかしら？」

「もちろん」

そんな訳で、俺たちは並んで寮へと向かっていく。

「そういえば、レリアとベルナデットは、あまりふたりだけでいるのを見ないな」

フラヴィとレリアは姉妹のように仲良くなったので、ちょっと不思議に思ったのだ。

俺が言うと、ベルナデットもうなずいた。

「そうですわね。そもそも、レリアはラウルといることが多いですし。わたくしは一応、友人も貴族側が多いですしね。レリアも研究者たちとは結構、話しているみたいですけれど」

「そうだねー。でも最近はベルナデットだって、ラウルとわたしの三人で話すことも多いよね」

「ええ、そうですわ。ですから、レリアとももっとお話ししてみたいとは思いますわ」

あまり見ない組み合わせではあるが、どちらも割と探究心が強めなこともあり、会話の相性は良いみたいだ。

そもそも教室でのベルナデットが俺にべったりなときとかは、レリアのほうが遠慮していたふしさえある。精霊であるレリアは人間の恋愛事にも興味があるようで、俺たちの会話に聞き入っていたようだ。だからこのふたりの間に、遠慮や確執があるようには思えない。

時間が経てば、きっとフラヴィとのように仲良くなれることだろう。そう思っていると……。

「それにね……ふふ。わたし、ベルナデットのこと、大好きだから」

唐突にレリアが言い出した。

「わ、わたくしのこと……ですの？」

ベルナデットも驚いたようで、思わず聞き返す。

「うん。だって、ベルナデットはラウルのことが好きなんだよね。だから、わたしと一緒だもん」

「そ、そんなことは……ありますけれど……その、うう……」

なんと答えて良いのか分からず、戸惑っているようだ。その様子はとてもかわいらしい。

「もっともっと、ラウルと仲良くしてね。ラウルはこの世界でずっとひとりだったわたしの、いちばんのお友達だから。わたしを見つけて、契約してくれて……わたしに世界の楽しさを教えてくれたラウルが、もっともっともーっと幸せになるように、一緒にがんばってほしいの」

精霊であるレリアの感覚は、俺たちとはどこか違うのかもしれない。だが、俺はレリアを信じているし、レリアも俺を信じてくれている。契約して以降、その確信は一度も揺るいだことはない。

「も、もちろんですわ。わたくしだって、レリアとたくさんお話ししたいし、もっとラウルのこと……そ、その……。こ、これからも、一緒に楽しみましょうね、レリア」

恥ずかしがりつつ、なんとか答えたベルナデットに、レリアはぎゅーっと抱きついた。

俺はそんな微笑ましい光景を眺めながら、寮への道を歩いていくのだった。

彼女たちと一緒に、俺は部屋へと向かう。夕方の寮は、やはり賑やかだった。

早めに授業が終わった生徒たちが、わいわいと集まって過ごしている。

個人の部屋もそうだし、ロビーや談話室にも生徒たちが集まって楽しそうにしている。

そんな横を通り抜けつつ、レリアと暮らす部屋へと戻っていくのだった。

「お話しするのもいいけど、せっかくだし、ね？」

「そうですわね。それこそレリアとふたりで、というのも珍しいですし♪」

短くアイコンタクトをしたふたりが、そんなふうに言いながら、俺に迫ってくるのだった。

彼女たちの目は早くも少し発情の色を見せている。

俺としても、もちろん嬉しい。

美女ふたりに求められて、悪い気なんてするはずないのだった。

そんな訳で、さっそくベッドへと向かう。

「えいっ♪」

レリアが元気に言いながら、俺をベッドへと押し倒す。

そのまま上に乗ってきて、むにゅんっと柔らかなおっぱいが押し当てられた。

「あんっ♥」

俺はそんな彼女の服をはだけさせて、下着の中へと手を滑り込ませる。

片手でホックを外しながら、もう片方の手でそのおっおぱいを揉んでいった。

「もう、ん、あぁ……」

彼女は外れかけていたブラを自分で取り去ると、俺の手を巨乳へと誘導していく。

それに従って、両手でおっぱいを揉んでいった。

「ふふっ、それではわたくしはこちらを――」

そう言ったベルナデットは、俺のズボンに手をかけて下着ごと脱がせていく。

レリアのおっぱい攻撃で反応し始めていた肉棒が、ベルナデットの手に包み込まれた。

「おちんぽが、どんどん大きくなってきてますわ♪」

そう言いながら、細い指が肉竿に絡みつき、軽くしごいてくる。

「こうして大きくなって、わたくしたちに入りたがってかたちがかわるの、本当にえっちですわよね♥　きゅっきゅっと握っていると、もっと硬くなってきて、んっ♥」

「うおっ……おおぉ」

レリアのおっぱいを揉みながら、ベルナデットに手コキされている。

ふたり同時だからこそできる贅沢な気持ちよさに、俺はひたっていった。

「ん、あうっ……ちゅっ♥」

レリアはおっぱいを揉まれながら顔を寄せ、キスをしてくる。

「ちゅっ、れろっ……」

そしてそのまま、舌をこちらへと入れてきた。

俺はそれに応えて、彼女の舌を愛撫していく。

もちろん、おっぱいを揉むのも続けていた。

「あらっ、レリアとのべろちゅーで、おちんぽがぴくんって反応しましたわね♪　こうして握っていると、素直な反応がわかりますわね」

「れろっ……ん、ちゅぅっ♥」

「うっ……」

ディープキスで反応するのは当然といえば当然なのだが、それを肉棒の様子で知られているとなると少し恥ずかしい。

「このくびれのところ、気持ちいいんですわよね」

そう言いながら、ベルナデットは手首をひねるようにしてカリ裏の辺りを責めてくる。

「あむっ、ちゅっ、んぁっ♥」

その刺激に対応するようにおっぱいを揉みしだくと、レリアが艶めかしい声を漏らす。

「あふっ、ラウル、ん、あんっ♥」

柔らかなおっぱいを楽しみながら、ベルナデットの手コキを受けていく。

「ん、ラウル、あぅっ……」

だんだんと気持ちよくなり、とろけた表情になっていくレリア。

「あぁ……硬いおちんぽがぴくんってするの、すごくかわいいですわ♥」

反対に、ベルナデットは俺を容赦なく責めてくる。

そんなふうに美女ふたりを相手していると、俺もどんどん追い詰められていく。

「あんっ♥　あ、ラウル、んっ……」

俺は片手をレリアの下半身へと動かしていく。

そしてスカートの中へと滑り込ませ、下着越しに割れ目を刺激していった。

「あっ、ん、うぅっ……♥」

「もう濡れてるな」

彼女のそこは下着越しでもわかるほど湿り気を帯びていた。

「だって、ん、ラウルがいっぱいおっぱいを触るから……♥」

そう言いながら恥ずかしがるレリア。

俺はそんな彼女の割れ目を撫でながら、ベルナデットに声をかける。

「そろそろ、ベルナデットも触らせてくれ」

「あら？　わたくしはラウルのおちんぽを触っているのも、すごく楽しいですわよ？」

そんなエロいことを言ってくれる彼女も、しっかりと発情顔になっていた。

俺は身体を起こすと、今度はベルナデットに覆い被さるようにして、スカートをまくり上げていった。

「あんっ、もうっ、あっ♥」

「本当だ。チンポをいじって感じてたんだな」

スカートの中で、彼女の下着も濡れていた。

俺はそんなベルナデットのストッキングに手をかけて、下ろしていった。

「あっ、ちょっと、んっ♥」

ストッキングが下ろされると、かわいらしいショーツがあらわれてくる。

普段はストッキングで隠されているから、腿《もも》やふくらはぎの部分まで生足だと、それだけでエロく見えてしまう。

まあ、ベルナデット自身がスタイル抜群で、どこもかしこもエロいというのもあるだろうけれど。

そんなことを思いながら、ベルナデットのショーツも下ろしてしまう。彼女をこうして脱がせるのは、とても楽しい。

「あぅっ……♥」

恥じらう彼女のアソコは、もう蜜をこぼしながら肉竿を待っているようだった。

せっかくなので、スカートも脱がせてしまう。

その最中には、レリアが俺の服を脱がせていった。

そしレリア自身も全裸になり、俺へと迫ってくる。

「ラウル、んっ」

裸のレリアが抱きついてきて、なめらかな肌と柔らかさを感じた。

ベルナデットがまだ少し恥ずかしそうにしていたので、俺はレリアへと声をかける。

「レリア、ベルナデットを押し倒して、その上に乗ってくれ」

「うん？　わかった」

「あっ、レリア、あんっ♥」

すぐにうなずいたレリアが、ベルナデットを押し倒す。

そしてそのまま、自分の身体を重ねて彼女を拘束した。

裸の美女同士が絡む百合《ゆり》的な光景は、こうして見ているだけでもそそるものがある。

ふたりとも胸が大きいため、おっぱい同士がむにゅりとかたちを変えて重なり合っているのもすごくエロい。

俺はそんな彼女たちを眺めながら、足側のほうへと回り込んでいく。

そこでは、すでに愛液を溢れさせているおまんこがふたり分、タテに並んでいた。

俺は後ろから、レリアのお尻を下げさせた。

「あんっ、んっ……」

そうすると、ふたりのおまんこが触れ合う。

いわゆる、貝合わせの体位だ。

潤んだ女性器を重ね合った彼女たちの姿はあまりにエロく、俺は滾《たぎ》りを我慢できなくなった。

そしてまずは、下になっているベルナデットの膣口へとその剛直をあてがう。

「あっ♥」

チンポが触れたのに気づき、彼女が期待するような声を漏らした。

俺はその期待に応えるべく、そのまま腰を突き出し、ベルナデットのおまんこに肉棒を挿入していく。

「んはぁぁ！」

潤い十分な蜜壺が肉棒を受け入れ、すぐに絡みついてくる。

膣襞《ちつひだ》のねっとりとしたうねりを感じながら、俺は腰を動かしていった。

「あっ♥　ん、あふっ、あぁっ……。おちんぽ、わたくしの中にきて、あっ♥　太いのが、んはぁあっ……！」

ベルナデットが肉竿の侵入に喜び、身体を震わせる。

「んはぁっ♥　あっ、レリアのが、あっ♥　んぅっ……！」

「ひゃうっ！　ベルナデット、腰、突き上げたら、んっ……！」

快楽に身体を跳ねさせるベルナデットだが、その動きのせいで、ふたりの恥丘やクリトリスがこすれ合っているようだった。

おまんこの内側と外側を同時に責められたベルナデットが、その快感に喘ぎ、さらに身体を反応させていく。

「あぅっ、だからそれ、んぅっ……」

悶《もだ》える動きに影響されて、レリアも感じているようだ。

レリアが思わず腰を上げようとしたのを見て、俺はふたりに覆い被さるようにして、体重をかけながら腰を往復させた。

「あっ♥　ラウル、んぁっ……！」

「んくぅぅぅっ♥　あっ、あぁっ！」

レリアはもちろん、より動けなくなったベルナデットも嬌声をあげていく。

俺はピストンを行い、さらに彼女たちを責めていった。

「あっあっ♥　くっ、ん、あっ、ふぅ、んぁっ……！」

うめくように、嬌声を上げるベルナデット。

その体の上でレリアのおまんこも、ものほしそうにひくついていた。

そこで俺は一度、ベルナデットの中から肉棒を引き抜く。

「あんっ、あっ……」

そしてそれで、レリアのおまんこを一気に貫いた。

「んはぁぁぁっ♥」

急に挿入されたレリアが大きく喘いだ。

「あうっ、レリア、んっ……」

再びふたりの秘部同士がこすり合わされ、ベルナデットも色っぽい声を漏らしていく。

俺はレリアの中を、強いピストンで突いていった。

「あぁっ♥ ん、あふっ、ラウル、んぁっ……！」

絡みつく膣襞をかき分けながら往復していく。

「んぁっ、あぁ……」

「ラウル、ん、うぅっ……」

ふたりの悩ましい声を聞いていると、俺の射精欲も増していく。

「次はまた、ベルナデットだな」

「んくうぅっ♥」

俺はレリアから肉棒を引き抜き、再びベルナデットに挿入していく。

たっぷりの愛液とともに襞が肉棒を受け入れ、歓喜に震えていた。

「あぁっ♥　ん、あふっ……！」

「ひゃうっ、ん、ああっ……！」

俺はふたりのおまんこに代わる代わる挿入しながら、ピストンを行っていく。

ハイペースな腰振りで、彼女たちの嬌声が響いた。

「あっあっ♥　ラウル、ん、あぁあっ……！」

「そこ、んくぅっ！　あ、もっと、んぁっ……♥」

二つのおまんこを交互に味わっていると、俺のほうが限界へと近づいてくる。

ふたりのほうも感じているようで、どんどん声が切羽詰まっていくのがわかった。

「あ、んはぁっ♥　あう、ラウル、わたしっ……」

「んくぅっ！　あぁっ、そんなに突かれたら、わたくしも、あっ、んはぁっ♥」

そんなふうに声をあげる彼女たち。

「あぁっ、ん、あふっ、ああっ……！」

「あっあっ♥　もう、んぁっ……」

「最後は一緒に……イこう！」

俺はおまんこから肉棒を引き抜くと、ぴったりと合わさっている彼女たちのおまんこの、その媚肉の間へと肉棒を差し込んだ。

「あぁっ！」

「硬いのが、んぁっ……！」

俺のペニスは、ふたりのおまんこに挟み込まれた。

秘裂のサンドイッチ状態での、贅沢な素股だ。

そのまま同時に犯すつもりで、彼女たちの真ん中で腰を振っていく。

「あふっ、おちんちんが、こすれて、あぁっ！」

「あうっ、そんなにクリトリスをこすられると、んぁっ♥」

俺の肉棒が、彼女たちの恥丘と淫核を刺激していく。

俺自身もふたり同時に素股されている状態なので、膣内とはまた違った、けれど豪華な刺激に高まっていった。

「くっ、そろそろ……」

精液が上ってくるのを感じ、俺はラストスパートをかけた。

「んはぁっ♥ あっ、そんなに激しくされたらっ、あっあっつ♥ もう、わたし、んぁ、イクッ、んぁっ！」

「んくうっ♥ わたくしも、あぁっ……。おちんぽ、そんなにぐいぐいこられたらぁっ♥ あっ、んはっ……！」

ふたりの嬌声を聞きながら、俺も限界を迎えつつあった。

同時に行けるよう、ふたりのクリトリスを意識してチンポでこすり上げていく。

「ああっ、もう、だめっ、んぁ……！」

「イっちゃいますわ♥ んぁ、ああっ……」

昂ぶりのまま俺は腰を振り、彼女たちのおまんこをこすり上げる。

そしてついに、ふたりの声が重なった。

「「イックウウゥゥゥッ！」」

びゅるるっ、びゅくっ、どびゅるるっ！

ふたりが絶頂し、身体を跳ねさせたのに合わせて、俺も精液を放っていった。

「あぁっ♥　熱いのが、お腹に……」

「あふっ、おちんぽがびくんびくん跳ねて、ドロドロの精液をだしてますわ……♥」

彼女たちは絶頂の余韻に浸りながら、俺の精液を受け止めていった。

俺はふたりのおまんこに挟まれたまま、彼女たちの身体を白く染めていく。

「う、あぁ……」

ふたり同時に相手をし、思うままにおまんこへの挿入を繰り返したこともあって、普段以上に体力を消費していた。

だが、満足感や気持ちよさも大きかった。

俺は貝合わせ状態のおまんこから肉棒を引き抜き、そのまま横へと倒れ込む。

射精後の心地よい倦怠感につつまれながら、すぐそばで絡み合っている裸の美女を眺めた。

彼女たちも絶頂の余韻を味わっているようだ。

そしてしばらく経つと、ふたりが身体を起こしてくる。

「ふたりでいっしょにするの、すっごく気持ちよかったね」

「そうですわね。恥ずかしくもありましたが、とてもよかったですわ」

そう言って微笑むふたり。

レリアはフラヴィともしているから、すっかり3Pが気に入ってしまったようだな。

けれど、彼女たちは寝そべる俺へと、休まずににじりよってきた。

「でも、やっぱりこっちにも欲しくなっちゃった」

そう言って、レリアがおまんこをくぱぁっと広げてくる。

絶頂して愛液を溢れさせたそこが、艶めかしく蠢いて俺を誘う。

「そうですわね。わたくしも、ラウルの子種のお汁を注いでいただきたいですわ♥」

ベルナデットもエロい表情で俺を見ながら、アピールしてきた。

「そ、そうだな」

そんなふうに期待されては、応えないわけにはいかない。

彼女たちとの時間は、まだまだ続くのだった。

# エピローグ　最強魔法使いのハーレムライフ

ジールの起こした事件から、数ヶ月が過ぎていた。

学院は新たなセキュリティも整い、もうすっかり元の日常へと戻っている。

警備強化の関連で忙しかったフラヴィも、自分の研究に戻っていた。

一時は危ぶまれたアベラール帝立魔法学院の評判も、結果的に学院内でしっかり対処できたことで持ち直しているようだ。

授業の合間には今日も多くの生徒たちが、楽しげな様子で行き交っている。

そんなふうに学院全体としては元の状態に戻ったわけだが、俺を取り巻く環境だけは以前と大きく変わってしまっていた。

あくまで精霊の目というレアスキルを持つだけの、実力的には平凡な特待生。出世欲のない変わり者で、学院の歴史上でも珍しい異端児という扱いだったが、どうも事件解決の立役者にされてしまったようだ。

もちろん、レアスキル相応の待遇は受けていたし、不自由はしていなかった。

けれどとくに優秀な技能もなく、貴族系の生徒たちから将来を誘われたりはしていない俺だ。

むしろ、気にもとめられていなかった。魔法使いとしてのいいところといえば、伸びていく魔力量くらいだ。

なのに、その魔力量を使い切るような魔法は使えなかったし、持ち腐れ状態だった。

けれどいつのまにかベルナデットたちと親しくなり、強力な魔法を身につけていくことによって、リビングメイルのような強力なモンスターすら討伐できるようになっていったようだ。

自分自身がそういったことに無頓着だっただけで、実力でもベルナデットに並ぶほど評価されてしまい、あの日以来、貴族組の生徒や多くの研究者から注目されている。

見た目は地味だが、恐ろしく強い。そんなふうにまで言われてしまっている。

ただの変わり者から、学院最強の魔法使いへと評価の変わった俺の周囲は、にわかに騒がしくなっていた。

けれど、俺にとって最も嬉しいのは、そんなことよりも三人の美女たちのこと。

それはこれからも変わらないだろう。

彼女たちは俺のそばにいて、どんなことがあっても、ずっと好意を向けてくれていた。

それが何より嬉しかった。

というわけで、関係者や貴族組からの堅苦しい会食の誘いを断った俺は、今日も自室で三人の愛しい女性たちに囲まれていた。

「ほらラウル、んっ」

平凡な俺と契約し、人生そのものを変えてくれたレリア。

魔力の活かし方、そして研究者としての将来への希望を教えてくれるフラヴィ。

目立たない俺を認めてくれて、ありのままに慕ってくれるようになったベルナデット。

そんな最愛の三人が、ベッドで俺を囲んでいる。

魅力的な三人が密集し、甘やかな匂いが俺を包みこんでいた。

もちろん、香りだけじゃない。彼女たちの柔らかな身体が、むぎゅっと押しつけられる。

三人の大きなおっぱいそれぞれが、俺を柔らかく圧迫してくるのだ。

その豪華さは格別だった。

彼女たちは服をはだけさせて、その魅力的なおっぱいをたゆんっ、と揺らしている。

白い肌にみっちりとつまったおっぱい。

それを眺めていると、まずベルナデットが俺の股間へと顔を近づけてくる。

「んっ、あむっ」

「うおっ……」

そして彼女は、口でズボンのチャックを咥えると、そのまま下ろしていく。

「いつの間にそんなことを……」

お嬢様とは思えない下品な仕草に、俺は思わずときめいてしまう。

ズボン越しの股間に顔を埋めているというのは、直接とはまた違ったエロさがあるものだ。

それに、手を使わずに口でチャックを下ろすというのも、欲望がケダモノじみていていい。

お嬢様であるベルナデットがやると、そのギャップがとくに際立っていた。

俺がそんなエロさに浸っている内に、ベルナデットはチャックを下ろすと、そのままペニスを取り出していく。

「あぁ……ラウルのおちんぽ、もう大きくなっていますわね」

「私たちに囲まれて、おっぱいをこうして当てられて……」

「ベルナデットにおちんちんを出されて、興奮してるんだね、ラウル♥」

「ああ……そうだよ」

彼女たちの言葉に、俺は素直にうなずいた。

こんな美女たちがおっぱい丸出しでくっついてきて、三人して俺のチンポに夢中で……そんな状況、興奮するに決まっていた。

「それじゃ、みんなでおちんちんを気持ちよくしてあげるね♪」

そう言うと、彼女たちは俺の肉棒へと舌を伸ばしてくるのだった。

「ん、ちゅっ……れろ」

「あむっ、ちろっ……」

「れろろっ、ちゅぅっ♥」

三人が俺の肉棒を舐め回し、愛撫してくる。

彼女たちがぎゅっと身を寄せ合って、そろって奉仕してくれる姿はとても贅沢だ。

肉竿に集まるよう身体を密着させているため、おっぱい同士がむにゅうっと押しつけられて形を変えているのも絶景だった。

「あむっ……ちゅぅっ」

もちろん、素敵なのは見た目だけじゃない。

三人でのフェラは絶え間なく刺激を与えてくる。

先端に吸いつかれたかと思うと、根本の辺りを唇で挟み込まれてしごかれる。

誰かがゆっくりと幹を往復するように動けば、同時に別の誰かが裏筋をくすぐるように舌先で舐めてくる。そんな無限のコンボで気持ち良くされてしまう。

「ふふっ、ラウルってば、すごく気持ちよさそうな顔してる♪」

「わたくしたちにおちんぽを舐め回されて、感じてるんですね♥」

楽しそうに言いながら、彼女たちは縦横無尽に俺の肉竿を舐め回していくのだった。

三人の美女にご奉仕されて、俺はされるがままに気持ちよくなっていった。

「れろっ、ちゅっ……んっ……」

「ぺろぉ……れろっ……」

「ちゅぱっ……ん、ちゅぷっ……」

身を寄せ合ってチンポにご奉仕している三人。

そのエロい姿を楽しむ間にも、三人の舌が絶え間なく肉竿を這い回っていく。

「れろっ……レリアちゃん、んちゅっ♥」

「ひゃうっ、フラヴィ、ん、れろっ……ちゅっ……」

いつのまにかフラヴィが、レリアにいたずらを仕掛けていた。

俺のチンポを舐めながら、レリアの舌をくすぐるようにしている。

それに驚きつつ、レリアもやり返しているようだ。

「れろっ……ちゅっ、ちゅぶっ……」

「ぺろろっ……ん、ふぅっ……」

俺の肉棒を間に挟んで、美女が舌を絡め合っている。その光景はとてもエロいし、彼女たちのやり合いが激しくなるほど、間にある肉竿にも刺激が伝わってくる。

「う、あぁ……」

思わず声を漏らすが、ふたりはそのままチンポ越しに舌を絡め、ちょっかいを掛け合っていた。

「ふふっ、ではわたくしはこの隙に、あーむっ♥」

「おうっ」

そんなふたりに気をとられていると、今度はベルナデットがチンポにしゃぶりついてきた。

「ふふっ、ラウルのおちんぽ、もう我慢汁を垂らして喜んでいますわね♪　それなら、もっと舌で、れろ……♥　舐めとって差し上げます、んっ♥」

彼女は亀頭にしゃぶりついて、我慢汁を舐めはじめる。

唇ではカリ裏を刺激しながら、上目遣いに俺を見た。

「硬くなってるおちんぽ……わたくしがもっと気持ちよくして差し上げますわ……♥　じゅぶっ、じゅるっ、ちゅううぅっ♥」

「うお、それすごすぎて……くぅ！」

ベルナデットはそのまま、バキュームまでしてきた。

肉棒をストローのようにして、我慢汁を吸い上げてくる。

そのまま精液までを誘おうとする吸い込みに、肉竿が反応していった。

「あっ、もう、ベルナデットってば。れろっ♥」

「んはぁっ、あっ。レリア、んぅっ、だめ、ですわ……」

そんな抜け駆けを咎《とが》めるかのように、レリアも亀頭にしゃぶりついてくる。

そして、ベルナデットの口内へと舌が侵入しようとしたみたいだ。

「れろっ、ちゅうっ、んむっ……」

それを防ぐように、ベルナデットも舌を伸ばして抵抗していく。

「ふたりとも、エロすぎだろ……うぁ……」

その結果、俺の亀頭は彼女たちの唇に半分ずつ咥えられ、ふたりの舌による攻防をもろに受けることになってしまう。

「れろっ、ちろっ、ちゅっ」

「んむっ、ぺろぉ……♥ れろっ」

敏感な先端が、ふたりの争いに巻き込まれて舌に蹂躙されていく。

「れろろっ、ちゅぷっ」

「んむっ、ぺろぉっ……れろっ」

「うぁ……」

そんなふうにふたりに責められていると、フラヴィが根元のほうへと向かってきた。

彼女はそのまま根元の茎を横から咥えると、唇でしごいてくる。

「ふふっ♥　こっちもね、ちゅぶっ、しこしこー。あむっ、んむっ……♥」

「フラヴィ、あぁ……」

先端をふたりに刺激されている中、根元のほうまでしごかれてしまうと、射精欲がすぐに湧き上がってくる。

「れろろおっ……ちゅっ、ちゅぶっ。どう、ラウル？」

「ぺろっ、ちゅぅっ、ちゅぱっ♥　おちんぽ、気持ちいいかしら？」

いつの間にかふたりも争いを止め、俺のほうに目を向けて協力するように亀頭をなめ回していた。

「う、ああ……」

三人のシンクロしたフェラが、根元から先端までのすべてを責めてくる。

「れろぉっ……ちゅっ、ちゅばっ♥」

「あむっ、ちゅぶっ、ちゅぅっ……」

「ぺろっ、んむっ、ちゅぶっ……！」

彼女たちに舐め回され、しゃぶられ、吸われ、俺は限界が近づいていた。

「三人とも、俺、もう……」

「ラウル、気持ちよさそう」

「このまま、一気に責めちゃおうか」

「わかりましたわ。じゅぶぶぶっ！」

彼女たちは激しく肉棒をしゃぶり、責め立ててくる。

三人分の舌と唇が肉棒を蹂躙し、俺を高めてきた。

「う、もう、出るかもっ……」

「いいよ……このまま私たちのお口で、気持ちよくなって？」

「いっぱい気持ちよくなってね。れろっ、ちゅっ……」

「ほら、わたくしたちに、ラウルの立派な射精、見せてくださいな♪」

「ぐ、あああぁっ！」

俺はそのまま、三人の同時フェラで射精した。

勢いよく飛び出した精液が、彼女たちの顔にかかっていく。

「あんっ♥」

「熱いのが、すごい勢いで……♥」

「あふっ、ドロドロの精液がかかってますわ……♥」

勢いよく放たれた精液が、彼女たちの顔とおっぱいを白く染めていく。

三人は俺のザーメンを浴びせられながら、嬉しそうにしていた。

そしてそのまま、身体に飛んだ精液をなめとっていく。

時には互いに舌を這わせあってもいて、その光景はとてもエロかった。

射精後の穏やかさでのんびりとそれを眺めていくと、すっかりきれいになった彼女たちが服を脱ぎ捨てて、こちらへと迫ってくる。

「ね、ラウル……」

「わたくしたち、もう我慢できませんわ」

「ラウルの元気なこれ……ここに、ね？」

そう言って、彼女たちはこちらにおまんこを向けてきた。

三人の美女がベッドの上で、俺へと秘部を差し出している。

彼女たちのアソコはもうしとどに濡れて、肉棒を求めて薄く花開いていた。

「ん、ね、ラウルくん……」

足を大きく広げ、さらに自らの指でくぱぁっと割れ目を開いてみせるフラヴィ。

えっちなお姉さんの誘惑に逆らうことはできず、俺は導かれるようにそのおまんこへと肉棒をあてがっていた。

「あっ♥　ん、ふぅっ……！」

つぷっ……とそのまま腰を進めると、肉竿が膣内へと埋まっていく。

「あぁ……♥　ん、あぅっ……」

絡みつく膣襞をかき分けて、そのまま奥へ。

「あふっ、ん、あぁ……私の中、ん、ラウルでいっぱいに……♥」

しっかりと奥まで肉棒を差し込み、ゆっくりと腰を動かし始める。

そのまま彼女の中を往復していくと、レリアとベルナデットが左右から俺に近づいてきた。

そんなふたりを抱き寄せながら、俺はふたりのおまんこへと手を伸ばしていく。

そしてもう愛液を垂らしているそこをいじっていった。

「あんっ♥　あっつ、んっ……！」

「ラウル、んぁっ♥」

くちゅくちゅとふたりのおまんこをいじりながら、腰も動かしていく。

「んぁ、あっ、ああっ……！」

「そこっ、んあぁっ！」

ふたりは嬌声をあげながら、俺に身体を預けてくる。

むにゅっ、ふにゅんっと左右からおっぱいが押し当てられて、柔らかな乳房が包みこむようにかたちを変えていく。

俺はその気持ちよさを感じながら、フラヴィのおまんこを突いていった。

「あぁっ♥　ん、ラウルくんっ、すごい！　ああっ……！」

「んはぁっ、あうっ！　そんなに指でかき回されたら、ラウルぅ……」

「ラウル、もっとわたくしも、あっ、んはぁっ！」

三人の嬌声が重なって響くのは、とても淫靡だ。

部屋に漂うメスの性臭も三人分ということで、濃いフェロモンが俺を焚きつけてくる。

エロすぎる空間で気分が高まるまま、俺は三人のおまんこ全部を刺激していった。

「あっあっ♥　もう、ん、あぁっ……！　ラウルくん、強すぎるぅ……」

「もっと奥にも、んぁ、ほしいよぉ……あうっ♥」

「んひぃっ♥ そこ、あ、あぁ、だめですのっ……！」

いやらしい水音と喘ぎ声が響き、それぞれに昂ぶっていった。

俺は欲望の赴くままに三人のおまんこを味わいつくし、放出へのタイミングを計る。

「あぁ♥ ん、あふっ……！」

フラヴィのおまんこが、肉棒を強く締めつけてくる。そろそろイキそうなのだろうということで、俺は横のふたりの蜜壺から一度手を離し、フラヴィへのピストンに集中した。

「あああっ！ や、だめ、んぁっ、ああっ！ ラウルくんっ♥ あっ、んはぁぁっ！ イっちゃ、ん、うぅっ！ ラウルくん……ほんとにぜつりんに……なっちゃってるのね……あぅ！」

じゅぶじゅぶと勢いよく蜜壺をかき回していくと、フラヴィの嬌声がさらに大きくなる。

魔力量と性欲が比例するなんて話は聞いたことがないが、ますます旺盛になっているのは確かかもしれないな。俺はとどめのひと突きと思い、最奥へと力強く突き込んだ。

「あぁっ♥ ん、あっ、イクッ！ もう、あっ、んぁっ……！ イクッ、イクイクッ！ イックウウゥウウゥッ！」

そして嬌声とともに、フラヴィが絶頂を迎えた。

「うおっ……！ おおお……これはすごい」

膣襞が何度も収縮し、肉棒を絞り上げてくる。

そんなキツい絶頂おまんこの中を、俺は無理やりに往復していく。

「んはぁっ♥ あっ、あぁぁっ！ イってるのに、そんなに突かれたらぁっ♥ んはぁっ、あっ、ああっ……！」

「ううっ、俺も出すぞっ」

びゅくくっっ、びゅるるるるるっ！

俺は腰をぐっと押し出し、彼女の奥で射精した。

「あぁぁっ♥　出てるっ！　私の子宮に、精液びゅくびゅく注がれてるっ♥」

射精を喜ぶかのように、ぎゅっと肉棒を絞り上げてくる膣襞。

俺はそのうねりに身を任せ、彼女の奥へとびゅくびゅく注ぎ込んでいった。

「あふっ♥　ん、あぁ……まだ出てるぅ……」

俺の精をお腹の中に飲み干しながら、うっとりと気を抜いていくフラヴィ。

腰を引いて肉棒を引き抜いていくと、彼女はそのままベッドに倒れ込んだ。

「ね、ラウル♥」

「次はわたくしたちも……よね？」

そう言って、ふたりが俺にくっついてくる。

「ああ、もちろんだ」

俺はふたりに応えて、まだまだ硬く天を向いている肉棒を見せつけるようにした。

三人の美女に囲まれる幸せな夜は、続いていくのだ。

そしてそれは今日だけじゃなく、この先もずっと、こんな日々が続いていくのだろう。

# あとがき

みなさま、こんにちは。もしくははじめまして。赤川ミカミです。

嬉しいことに、今回もパラダイム出版様から本を出していただけることになりました。

これもみなさまの応援あってのことです。本当にありがとうございます。

前回より短い間隔でまたお目にかかれて嬉しいです。

それにしても、ついこの前に年が明けたと思ったらもう三分の二が終わっていて、一年が過ぎていくのは早いですね。

さて、今作は精霊の目というレアスキルをもつ主人公が、一流の学院で異端児として過ごしつつ力をつけて最強になっていく、という話になっております。


本作のヒロインは、三人。

主人公と契約している精霊であり、魔法使いにとってレアな存在であるレリア。

光の精霊という大層な肩書きに反し、本人は無邪気で元気、そしていろんなことに興味津々な女の子です。

まっすぐな好意を向けてくれる女の子はとてもいいですよね。

次に、研究者でもあり先生でもある、大人のお姉さんなフラヴィ。元々研究にばかり打ち込んでいた彼女は、自分を女として見てくれた主人公によって目覚めてどんどん積極的になっていきます。

そして学年一の才女であり、侯爵の娘でもあるベルナデット。その立場と優秀さ故に高嶺の花である彼女は、どんどんと力をつける主人公に興味を覚えて声をかけてきます。

そんな彼女とひょんなことから急接近し、助けたことで懐かれると、一気にデレるようになります。

美少女の、自分だけが知っている一面というのは魅力的なものですよね。

そんな彼女たちとの、いちゃらぶハーレムをお楽しみいただけると嬉しいです。


それでは、最後に謝辞を。

今作もお付き合いいただいた担当様。いつもありがとうございます。またこうして本を出していただけて、本当に嬉しく思います。

そして拙作のイラストを担当していただいた、ひなづか涼様。

ヒロインたちを大変魅力的に描いていただき、ありがとうございます。特に三人から求められるカラーイラストの、三者三様のえっちな表情や、ボディラインが最高です！

最後にこの作品を読んでくれた方々。過去作から追いかけてくれた方、今回初めて出会った方……ありがとうございます！

これからも頑張っていきますので、応援よろしくお願いします。

それではまた次回作で！

二〇二〇年八月　赤川ミカミ

キングノベルス

# 帝《てい》立《りつ》魔《ま》法《ほう》学《がく》院《いん》の異《い》端《たん》児《じ》は精《せい》霊《れい》彼《かの》女《じょ》との お気《き》楽《らく》生《せい》活《かつ》でらくらく最《さい》強《きょう》になりました！

2020年 9月 30日　初版第1刷 発行

■著　　者　赤川ミカミ
■イラスト　ひなづか涼

発行人：久保田裕
発行元：株式会社パラダイム
〒166-0004
東京都杉並区阿佐谷南1-36-4
三幸ビル4A
TEL 03-5306-6921
印刷所：中央精版印刷株式会社



KN082

KiNG novels
ほらね、一緒にずっと♥
楽しんじゃえば、
幸せなんだよ♥
成り上がりを望まない
転生貴族は異世界で
自由に生きる
愛内なの
Nano Aiuchi
illust:ひなづか涼
追放されたと思ったけれど、あまりに理想的だった島暮らしを気に入って、満喫し始めた転生貴族リベルト。エッチなことが推奨されるこの島は、誘惑だらけの生活で!?